www.tredition.de

Die Autorin Lele Frank wurde 1957 in Bad Kreuz-
nach geboren, ist Bauingenieurin, und hat über 35 Jahre
in dieser Branche gearbeitet. 2012 hat sie Beruf und
Firma aus persönlichen Gründen aufgegeben. Wegen
einer höchst dramatischen Beziehung, entdeckte sie, die
Liebe zur Schriftstellerei.

Mit ihrem ersten Buch „Tanz der Optimisten", welches eigentlich einen therapeutischen Zweck erfüllen
sollte, hat sie sich ins Leben zurückgeschrieben.
Sie lebt an der Ostsee und bezeichnet ihre jetzige Tätigkeit als:
„Das Leben genießen."

AF201967

„Gottes schöne Kleider",

oder: Eine kleine Rezension, heißt es hier... hier in diesen Seiten die nun kommen werden. Rückblickend-, hinblickend, vorausschauend in ein kleines Leben mit Höhen und Tiefen, so, wie es jeder von sich selbst am besten kennt; ein Lied davon singen kann, weiß wovon die Rede ist. Kein Rad wird neu erfunden, keine Weisheit geboren, nur ein Leben näher betrachtet. Eines von vielen.

Die Philosophie wollen wir denen überlassen die wirklich etwas davon verstehen. Denjenigen, die sich auszudrücken wissen, und nicht - wie in diesem Fall, sich in der langen Leine unendlicher Kettensätze so verheddern würden, dass sie sich um ein Haar selbst erdrosselten. Einem guten, wortgewandten Philosophen kann das nicht passieren, schon klar. *Er* spielt mit Worten wie mit einer leichten Feder. Damit kann hier nicht gedient werden, nein. Hier steht Klartext; zielorientiert auf dem Weg zu einer Punktlandung. Klare-, manchmal sehr deutliche Worte, eingebettet in ein freiwilliges-, längst überfälliges Glaubenseingeständnis, eng umschlungen von schmerzhaften Erkenntnissen, und dennoch: Motivation genug, es nach dieser kleinen Lektüre einmal selbst zu tun; die Sache mit der - meist nach hinten raus geschobenen Einsicht-, der Erkenntnis, dem biegsamen Veränderungsvorhaben überall. Dem Glauben.

An Humor soll es nicht mangeln, ist er doch - in seiner sauberen, aufrichtigen Form, stets ein Pflaster zur Hand.

Lele Frank

© 2016   Lele Frank
Umschlag, Illustration: Lele Frank
Verlag: tredition GmbH, Hamburg

Paperback: ISBN 978-3-7345-5801-6
e-Book: ISBN 978-3-7345-5802-3

Printed in Germany

Ich weiß nicht, ob es besser wird, wenn es anders wird.
Aber es muss anders werden, wenn es besser werden soll.

(Georg Christoph Lichtenberg)

Gedanken nur so.

Wann hat sie angefangen... diese Nachdenklichkeit? Liegt sie in der Natur der Sache weil wir mit zunehmendem Alter eine andere Sichtweise auf die Dinge annehmen? Eher hinsehen-, anders wegsehen, analysierend zurückblicken-, uns ansehen, die Menschen betrachten und nach vorne schauen; glauben durchzublicken, zu verstehen und zu erkennen? Warum? Was ist denn bloß passiert, wodurch-, weshalb und wieso sich, diese Nachdenklichkeit ganz schleichend und leise-, unbemerkt eingestellt hat? Welche Dinge müssen geschehen, dass man sich so verändert in seiner Hybris, seiner Denk- und Sichtweise? Dinge? Oder nur ein Ding? Ja. Ein Ding! Eins, keine zwei oder drei... Eins alleine reicht aus - nur ein Ding, ein Ereignis reicht aus, das ein ganzes, kleines Leben aus den Fugen geraten kann und uns derart verändert. Innen und außen. Lassen wir lieber die Finger vom Plural; an einem einzigen Ereignis haben wir schon genug zu tragen. Stellt sich die Frage: Haben wir es verursacht, dieses eine Ding, dieses Ereignis? Oder wurde es uns von außen zugetragen und wir sind ohne Verantwortung zu betrachten? War es uns am Ende sogar vorbestimmt? Haben wir einen fatalen Fehler begangen, plagt uns lange Zeit die Reue, die Scham und die schmerzhafte Niederlage. Wäre es von außen - also unverschuldet über uns gekommen, ließe sich ganz leicht eine bequeme Schuld zuweisen. Es wäre so herum viel einfacher; das wäre fein für uns, nicht wahr? Ja, es wäre einfacher. Wie man es auch drehen oder wenden mag, dieses Ding, dieses Ereignis: Später, wenn man nur lange genug darüber nachdenkt und ehrlich zu sich selbst ist, erkennt man auch seinen eigenen Fehler, und mit etwas Glück, das „Warum." Man könnte so tun als sei man blind und einfach wegsehen, aber es holt uns immer wieder ein, ist schneller als unser Bestreben, davonzueilen. Und irgendwann... vielleicht mit noch mehr Glück, entdeckten wir das Gute im Schlechten, wenn wir doch nur genauer hinsähen.

Wir reden hier aber nicht von Krieg oder Kriegen. Hier müssen wir wieder aufs Plural zurückgreifen, denn mit nur einem Krieg auf dieser Welt, ist es derzeit nicht getan. Überall herrscht Krieg und Terror, wo man auch hinsieht. Das macht uns traurig und entsetzt; so hilflos und ausgeliefert. Machtlos. Aber lassen wir die Kriege hier mal außen vor. Sie, diese schrecklichen, unnötigen Kriege sind nicht damit gemeint. Es geht ausschließlich um uns selbst. Nur um uns, um unser eigenes kleines, einziges Leben. Um dieses wundervolle Geschenk, wenn aus - mit dem bloßen Auge kaum erkennbar - einer winzigen Zygote ein Mensch entstehen darf. Wenn man das Glück hatte betroffen zu sein, eine Zygote zu sein, auserwählt zu sein. Dann ist man plötzlich dabei, im bunten Karussell des Lebens. Zunächst ist es noch kein „*man*", sondern nur eine Zelle, eine mikroskopisch kleine, winzige, biologische Masse. Ein lebendiges Ding, das sich erst noch entwickeln muss, und langsam zu einem Wunder wird. Einem wundervollen Wunder: Ein Mensch. Einem Menschen der längst noch nicht weiß, was ihn, den neuen Menschen der dort entsteht, dort draußen erwarten wird. Erst sicher wie in Evas Schoß, aufgehoben und geborgen im Leib einer Mutter. Aber dann: Licht und Luft setzen dieser Sicherheit ein jähes-, ein schnelles Ende. Mit dem ersten Atemzug gehen die Probleme los. Lautstark muss man sich bemerkbar machen, dass der Hunger gestillt- die Windel gewechselt wird. Der ein- oder andere Mensch behält sie ein Leben lang bei, diese brüllende Schreierei, weil er, irrtümlich denken mag, damit, mit diesem Gebrüll, besser ans Ziel zu gelangen-, sich verständlicher zu machen, wenn er immerzu, und bei jeder noch so banalen Gelegenheit, sofort lautstark losplärrt als trachte man ihm nach seinem kleinen Leben. Als Säugling hat es doch auch bestens funktioniert; warum nicht später damit weitermachen? Wir, wir Stillen, wir mögen sie nicht diese Schreihälse. Wir, die Vernünftigen, wir argumentieren lieber sanft aber nachdrücklich, leise und möglichst unauffällig. Man schiebt auffälliges-, unangenehmes, lautes Verhalten, als Rechtfertigung, als Entschuldigung, nur zu gerne auf die Kindheit zurück. Rechtfertigt sie, die gern benutze Kindheit, mit einer gewissen Schwere. Egal. Sei sie, die Kindheit, geborgen oder hart gewesen, irgendwas fällt uns als Ausrede schon ein, wenn wir-, oder jemand anderer, ausschert aus der erwünschten, der leisen, der genormten Norm. Die liebe Rechtfertigung, sie wird unser ständiger Begleiter werden, sein und bleiben. Wenn wir sie nicht hätten, diese dumme Rechtfertigung, stünden wir manchmal ganz schön dumm da. Dumm. Ja, dumm. Die Dummheit ist aus anerzogenem Leichtsinn-, aus einer Unachtsamkeit der Alten bedingt, rechtfertigen wir unsere Fehler, die wir, im Laufe unseres Lebens, reihenweise machen, falls wir sie überhaupt erkennen. Oder wir behaupten, keine Zeit gehabt zu haben, um zu wachsen. Die Arbeit, die

Pflichten, der Stress. Uns fällt immer etwas ein. Ganz sicher. Selten werden wir um eine Ausrede, eine Rechtfertigung verlegen. Wenn dem so ist, wenn wir sie tatsächlich selbst erkennen sollten, unsere eigene Dummheit, dann behalten wir sie lieber für uns, sagen sie nicht weiter, erzählen niemandem davon; allerhöchstens einem einzigen Menschen dem man zutiefst vertraut, nahe steht, wenn überhaupt. Verantwortung schmeckt nicht. Wir sehen sie lieber im Teller der Anderen. Geschehen Dinge die unser kleines Leben aus den Fugen heben, benutzen wir unseren Zeigefinger mit Fleiß. Wir weisen Schuld zu. Dafür ist unser Zeigefinger bestens geeignet; Spiegel meiden wir. In Spiegel zu sehen ist schmerzvoll, beschämend. Imponderabilien. Ein sehr beliebtes Wort, gerne zur Hand- und in den Mund genommen als Rechtfertigung, als Erklärung für unzureichende, unbefriedigende Argumente; benutzt und gesprochen von den Gebildeteren unter uns. „Die anderen sind immer schuld", sagen simpel die anderen, die nicht so Gebildeten. Gemeint ist das Gleiche. Jedermann versteht das, lässt es gelten, sieht es ein. Und dann? Was passiert dann? Was passiert, wenn sich eine Lösung nicht finden lässt? Das Rad neu erfinden? Nein. Das Rad gibt es schon. Jemand anderer war schneller als wir. Oder macht es Sinn einfach nur abzuwarten, ob sich nicht doch eine Lösung entwickelt im Laufe der Zeit, der belasteten-, der schwer erträglichen, vielleicht peinlichen, unangenehmen Zeit? Mit zunehmendem Alter wird diese Möglichkeit zu einer echten Option. Diese Möglichkeit ist gangbar. Manche Dinge sind eben wie sie sind; sie lassen sich nicht verändern, nur auf verschiedene Weisen ertragen. Und mit etwas Glück sieht man eines Tages zurück, und entdeckt doch, etwas Gutes in alldem was dereinst so schlecht-, so bedrohlich, so beschämend gewesen ist. Die Philosophie greift. Sie tut es tatsächlich. Die Philosophie, die Liebe, der Glaube, sind das Pflaster zur Hand, und nicht minder, intelligenter Humor. Die gute alte, abriebfeste Liebe, die feine Philosophie und der feste Glaube. Ein Leben ohne das ist unvorstellbar. Und dort wo die Wissenschaft endet, und der Glaube beginnt, dort ist heilende Heilung zu finden, in diesem anfangs diffusen, noch unsicheren, vielleicht jungen Glauben, der sich nicht einmal beweisen lässt. Dort liegt Heilung für unsere empfindlichen Seelen, die schon so viel gesehen-, so viel erlebt, und keine gute Liebe gefunden haben. Intuition, mit herübergetragen von irgendwoher, in dieses Leben, in dieses Jetzt. Wir sind.

Besuch

Ende Mai, das muss ich euch unbedingt erzählen, ist mir wieder einmal mein bildhübscher Schutzengel erschienen. Einfach so. Ohne Voranmeldung oder begründeten Anlass. Es lag nichts Bedrohliches hinter mir, wobei er, seine Fähigkeiten hätte beweisen können. Es herrschte in den vergangenen Monaten wohltuende Ruhe in meinem Leben. Naja... das Übliche halt. Der ganz normale Alltagsärger den jeder so hat. Persönlich zu erscheinen, das hat mein Aufpasser bislang erst vier Mal in meinem Leben getan. Immer dann, wenn ich aus einer sehr prekären Situation mit heiler Haut wieder herauskam, und anschließend, nicht gebührend meine Dankbarkeit dafür gezeigt habe; es als gegebenes Schicksal hinnahm und nicht weiter darüber nachdachte *warum* dem so war. Darauf, auf die Dankbarkeit, legt die Fraktion der Schutzengel nämlich immer gesteigerten Wert. Sie betrachten Dankbarkeit als eine Art Gage für ihre Bemühungen. Einmal, erinnere ich mich, als er dafür sorgte, das ich mit meinem über alles geliebten Motorrad, das ich Idiotin leichtinniger Weise auf seine Flugtauglichkeit hin überprüfen wollte, eine ganz passable Landung hinlegte, und diese – was ich in diesem Moment selbst kaum glaubte – auch am Stück überlebte. Das war ganz schön knapp kann ich euch sagen. Und er, mein sehr gutaussehender Schutzengel, hat sich damals, nach dem Unfall gezeigt, weil er es mehr als nur leid war, ständig atemlos auf mich aufzupassen. Quasi rund um die Uhr muss er sich mit mir beschäftigen, und alles nur, weil so ein Irrer mir ans Leder wollte, der sich in seinen irre gewordenen Kopf gesetzt hatte, meinem kleinen Leben - welches er bis dahin bereits über dreizehn Jahre lang observierte, aus seiner Hand ein finales Ende zu setzen. Damals kassierte ich von ihm, meinem Schutzengel, eine fette Schellte, weil ich so begriffsstutzig gewesen bin, und nicht erkannte-, nicht erkennen wollte, dass es jemanden über uns Menschen gibt, den man - reinen Herzens wohlgemerkt, um Hilfe bitte darf. Wohlgemerkt deshalb, weil man bei diesem „Jemand" keine Bestellungen aufgeben kann – ähnlich wie in einem Versandhauskatalog. Heutzutage nennt man es wohl eher Online-Shop. So einfach ist es nämlich nicht. Eine beachtliche Anzahl Erdenbewohner weiß es längst, dass das Leben kein Wunschkonzert ist. Leider. Ich gehöre dazu. Unsereiner, muss immer um allesmögliche kämpfen was man anstrebt zu erreichen. Bei unsereinem will die, teilweise aus dem Land der Elfen und Feen entstammende Esoterik, einfach nicht greifen. Da glaubt man sich die Hirnwindungen wund, und nichts geschieht. Nichts verändert sich zum Positiven.

Jedenfalls...: An diesen „Jemand" weigerte ich mich vehement zu glauben; hielt ihn für eine praktische, bequeme Erfindung von Menschen, die diesen „Jemand" immer dann bemühten, wenn sie selbst nicht mehr weiter wussten mit ihrem Latein, und verzweifelt, mit dem Rücken, platt zur Wand standen. Darauf komme ich später noch zu sprechen. Jetzt erzähle ich zuerst einmal wie „Er" wieder auftauchte, mein hübscher, gutaussehender Schutzengel. Ich kann seinen komplizierten Namen nicht behalten, deshalb sage ich schlicht „Schöner" zu ihm. Ich glaube er fühlt sich geschmeichelt.

Der Kalender wies mich darauf hin dass wir Mai hatten. Mai 2016, als der Mai nicht wusste dass er ein Mai- und kein April ist. Dieser Mai benahm sich nämlich wie ein typischer April, der, nicht weiß was er will. Als mein „Schöner" ganz plötzlich aus meiner Wohnung heraus auf den Balkon trat - er hatte diesmal anscheinend die Eingangstür benutzt - glaubte der Mai gerade er sei ein August, so heiß ließ er die Sonne herab scheinen.

Ich saß auf meinem gemütlichen Balkonsessel und schielte unsicher zu meinem Liegestuhl. Unsicher deshalb, weil es immer eine große Herausforderung für mich darstellt, einfach einmal „nichts" zu tun. Immerzu bilde ich mir ein etwas tun zu müssen. So eine Art des Getrieben seins, ohne ersichtlichen Grund. Mit meinem Gewissen scheint etwas nicht ganz in Ordnung zu sein, glaube ich. Schätzungsweise liegt der Fehler für diesen unangenehmen Defekt in meiner Erziehung. Diese Vermutung ist nicht ganz von der Hand zu weisen, auch wenn unsere lieben Alten, oft und gerne, von sich überzeugt sind, alles richtig gemacht zu haben-, alles besser zu wissen, und *ihre* Wertvorstellungen, die einzig wahren seien. Und damit, mit diesem ständigen, lästigen „etwas-tun-müssen-Gefühl" habe ich schon so manch potenziellen Lebenspartner in die Flucht geschlagen. Es gelingt mir einfach nicht zur Ruhe zu kommen. Was soll ich machen? Es ist wie es ist. Der ein- oder andere wird es nachempfinden können. Und jetzt, heute, wo ich mich selbst, vor zwei Jahren, aus Berufs- und Gesellschaftsleben ausgestöpselt habe, hätte ich weiß Gott Zeit genug, einfach mal „nichts" zu tun. Es will mir aber selbst jetzt noch nicht gelingen. Mist.

Jedenfalls: Ich saß also auf meinem Sessel und kommunizierte im Geiste mit meinem bereitstehenden Liegestuhl, als er, der „Schöne", leise aus meiner kleinen Wohnung auf den Balkon heraustrat. Zugegeben, er hat mir einen ganz hübschen Schrecken eingejagt, weil ich mich, ganz sicher, alleine wähnte und meinen Gedanken versonnen nachhing.

„Hallo. Grüß Gott", sagte er schlicht. „Ich habe gerade gesehen dass du Zeit zu erübrigen hast und überlegte mir spontan, dass das die passende Gelegenheit sei mal wieder bei dir vorbei- zuschauen und ein bisschen zu quatschen. Das Wetter ist auch heute so schön, und da dachte ich mir..."
Er setzte sich ganz selbstverständlich auf den zweiten, freien Sessel der auf der anderen Seite des Tisches stand und grinste mich an.
„Das ist ja eine Überraschung", sagte ich verblüfft. „Du...? Was verschafft mir die Ehre. Setzt dich doch."
Aus vergangenen Begegnungen wusste ich, dass Engel weder essen noch trinken, deshalb bot ich ihm nichts an. Nebenbei bemerkt: Alleine diese Tatsache ist für mich ein Grund, warum ich nie im Leben ein Schutzengel werden will. Essen und Trinken sind meine Lieblingsbeschäftigungen, neben laufen, lesen und schreiben. Wenn ich gerade nicht meinen Computer malträtiere, stehe ich meiner winzigen Küche und braue etwas aus den allerneuesten Erkenntnissen gesunder Ernährung zusammen. Um nicht fett zu werden laufe ich mir dann anschließend die Seele aus dem Leib. Verrückt, oder? Würde ich nur die Hälfte von dem verputzen was ich mir tagsüber so schmecken lasse, bräuchte ich mich nicht so abzura-

ckern und auf dem Laufband bis an meine Belastbarkeitsgrenzen zu gehen, wobei es natürlich den ein- oder anderen innere Schweinehund zu überwinden gilt. Und würde ich aufhören zu rauchen, könnte ich mich womöglich mit einem simplen, ruhigen Spaziergang fit halten. Aber nein... ich muss ja unbedingt qualmen und futtern als gäbe es kein Morgen. Ich plappere hier gerade ganz hübsch aus meinem Nähkästchen Sachen aus, die eigentlich niemanden etwas angehen. Aber ich habe sonst niemanden an meiner Seite der mir teilnahmsvoll zuhören würde. Mein einziger, geduldiger Zuhörer ist ein weißes, jungfräuliches Blatt Papier, dem ich meine Gedanken und Gefühle anvertrauen kann. Das tut gut. Wirklich. Das sollte jeder einmal ausprobieren.

Ich muss zugeben, mir war etwas mulmig zumute als ich meinen hübschen Schutzengel so ansah. War er womöglich aus purer Prophylaxe erschienen? Stand mir womöglich wieder einmal etwas Fürchterliches bevor, und er wollte mich warnen? In diesem Moment dachte ich, es wäre mir lieber gewesen, er bliebe wo der Pfeffer wächst. Wenn das der Grund für seinen Besuch sein sollte, hätte ich gerne auf sein unverhofftes Erscheinen verzichtet. So, wie ich liebend gerne auf unangenehme- oder bedrohliche Ereignisse verzichten würde. Wer nicht? Vielleicht kommt er jetzt vorbei, überlegte ich, weil meine Intuition wieder mal auf Urlaub ist. Vielleicht ist es das? Mit meiner Intuition ist es manchmal leider nicht zum Besten bestellt, muss ich ehrlich zugeben. Aber wer kann das schon immer so genau wissen, ob die Intuition sich gerade an Bord befindet? Verflixt noch Eins. Andrerseits sieht es so aus, dass meine

Eltern, 85 und 94 Jahre alt, weder bei annehmbarer Gesundheit-, noch bei klarem Verstand sind. Sie stehen kurz vor knapp vor ihrer letzten Reise. Vielleicht will er mich darauf vorbereiten, dass einer der Beiden, bald die Biege macht. Das wäre allerdings nicht nötig; ich *bin* vorbereitet und akzeptiere was da auf mich zukommt. Eine andere Alternative gibt es ohnehin nicht. Wozu deshalb also einen unnötigen Kopf machen? Es kommt was kommt. Und wenn ich eines Tages einmal an der Grube stehe, wird sich darüber, auch niemand einen überflüssigen Gedanken machen. Wer denn auch?

„Du brauchst nicht so bedrückt aus der Wäsche zu gucken", sagt der Schöne plötzlich, und reißt mich aus meinen stillen Überlegungen. „Ich bin wirklich nur gekommen um mit dir ein wenig über dies und das zu plaudern. Es steht nichts an was du nicht ertragen könntest. Ehrlich. Entspanne dich", sagte er lächelnd, mich in Sicherheit wiegend.
Also entspannte ich mich. Ich versuchte es zumindest. Ich entspannte mich angespannt, und sagte zu ihm, dass es mir schwer fiele ihm das zu glauben, weil er doch sicherlich eine Menge andere Aufträge zu betreuen hätte. Schließlich sei ich ja nicht sein einziger Erdenbewohner der in seiner Obhut stünde. Am liebsten hätte ich ihn gefragt ob ihm gerade langweilig ist, traute mich aber dann doch nicht so eine indiskrete Frage zu stellen. Ich wollte ihm nicht zu nahe treten und ihn womöglich verärgern. Lieber gut Wetter machen und ihn wohlgesonnen halten, überlegte ich. Am Ende würde der Schöne noch beim „Ewigen" dahingehend intervenieren, dass ich ein

Schutzengel werden müsste, wenn ich eines Tages das Zeitliche segne. Und auf diesen Job habe ich nun wirklich partout keine Lust. Nur *ein* solcher Kandidat wie ich einer bin, der mir zur Betreuung zugewiesen würde, und ich würde umgehend beim „Ewigen" die Scheidung einreichen. Zu Lebzeiten gebe ich mir wirklich allergrößte Mühe ein guter Mensch zu sein und niemandem zu schaden. Natürlich erhoffe ich mir dafür einen angemessenen Lohn. Den Lohn, *kein* Schutzengel werden zu müssen. Wenn ich mich in stillen Stunden mit dem „Ewigen" unterhalte, sage ich ihm jedes Mal, dass ich mir nichts sehnlichster wünsche, dass er mich davor verschonen möge, dass ich noch einmal auf diese Welt kommen müsste, weil man munkelt – ich habe das schon öfter gehört, der Mensch habe mehrere Leben zu absolvieren. Darauf würde ich liebend gerne verzichten, erinnere ich „Ihn" immerzu und beinahe schon ein bisschen penetrant. So oft, dass es fast schon peinlich ist, und der „Ewige" denken muss, dass ich ihm, die Alzheimer-Krankheit unterstellen würde. Dabei denke ich doch nur: Lieber einmal Zuviel als Zuwenig. Bei den ganzen Vorfällen die auf der Welt leider so passieren, und „Er" über Unterbeschäftigung sicherlich nicht klagen kann, besteht immerhin eine gewisse Möglichkeit, dass „Ihm", auch mal etwas aus dem Gedächtnis flutscht. Ich meine es ja nicht böse, gewiss nicht. Ich will bloß nicht dass „Er" es vergisst. Mehr nicht. Hätte „Er" just an dem Tag, an dem ich meine letzte Reise antreten muss, eine schusselige Phase, wäre ich doch der Gelackmeierte. Nun ja. Wie heißt es doch so schön: „Wir heißen euch hoffen." Hoffe ich also hoffentlich das Beste für mich. Hoffe ich, dass

„Er" nicht verschusselt, worum ich ihn so oft gebeten habe. Es gibt sicherlich noch eine ganze Reihe anderer Beschäftigungen im Paradies. Es wird sich doch für mich etwas Passendes finden lassen. Alles außer Schutzengel. Das sollen gefälligst andere machen. Ich nicht. Nein.

„Soll ich dir eine Sonnenbrille rausholen", frage ich meinen Schönen, der mich blinzelnd anstarrt, als hätte er Probleme mit dem Sonnenlicht. Insgeheim hoffe ich jedoch dass er ablehnt, damit ich weiterhin seine schönen Augen sehen kann. Ich mag es nämlich nicht, mich mit jemandem zu unterhalten, dem ich nicht in die Augen blicken kann. Als hätte er meine Gedanken gelesen – natürlich tut er dass, sonst wäre er kein Schutzengel – lehnt er großzügig ab. Dem „Ewigen" sei Dank.

Zu dumm nur, dass ich es, während ich mich mit ihm unterhalte, immer wieder vergesse dass er meine Gedanken lesen kann. Es ist so ähnlich wie bei dieser abartigen Fernsehsendung, wo sich Menschen freiwillig, rund um die Uhr, der glotzenden Öffentlichkeit aussetzen, und dabei immer wieder vergessen, dass big Brother watching you is. So geht es mir auch. Schreckliche Sendung übrigens. Die Hämorriden in der Medienlandschaft. Wuäh...

Mein Schöner quetscht eine Träne aus seinem schönen, linken Auge. Ich sehe es, und er sieht dass ich es sehe. Wir sehen dass wir es sehen.

„Ich hatte nur eine dumme Wimper im Auge", sagt der Schöne daraufhin. Dabei beobachte ich ihn, wie er sich heimlich eine zweite Träne aus dem rechten, schönen Augenwinkel wischt. Dass Schutzengel sogar weinen können war mir bislang nicht bekannt. In meinem Kopf schellen sämtliche Alarmglocken.

„Du", sage ich aufgebracht, weil ich diese Wegwisch-Geste natürlich ganz genau beobachtet habe. „Nicht dass du mir hier was vom Pferd erzählst und mir doch wieder irgendwelche Unannehmlichkeiten bevorstehen. Sage mir lieber gleich was Sache ist, dann ist es raus, und ich kann mich darauf einstellen. Butter bei die Fisch, bitte. Mach hier keine Sperenzchen mit mir, sonst bin ich aber echt sauer auf dich."

Jetzt lächelt der Schöne, amüsiert über mein unerschöpfliches, altbekanntes Misstrauen. Das kennt er schon zur Genüge. Ich habe mir deshalb schon die ein- oder andere Gardinenpredigt von ihm anhören müssen. Aber ich habe es nicht so mit dem Vertrauensvorschuss. Nicht mehr jedenfalls. Die Vergangenheit hat mich leider, dahingehend eines Besseren belehrt. Das muss er einsehen und verstehen. Misstrauen fällt schließlich nicht einfach so vom Himmel. Misstrauen ist begründet.

„Nein, nein. Reg` dich bloß ab. Es ist alles im Lot. Bis auf die schwarzen Klamotten, die du demnächst wirst anziehen müssen, regelt sich soweit alles in deinem Sinne. Du bist mit dem unumgänglichen, schmerzvollen Wachstumsprozess, den der Chef für fast alle Menschen vorgesehen hat, weitestgehend am Ende angekommen. Ein bisschen noch hier und da, kleinere Korrekturen noch, aber kaum mehr der Rede wert. Nicht nur dass du die doppelte Portionen der üblichen Ration schlucken musstest, du bist ja auch nicht mehr die Jüngste, nicht wahr? Ich weiß es wie kein anderer. Nicht nur weil du mich ganz schön in Atem gehalten hast, sondern auch der ganze Packen an Erkenntnissen, die der Chef dir absichtlich auferlegt hatte, und die du ertragen zu musstest, die werden ab sofort, um einiges weniger werden. Irgendwann muss auch Schluss sein. Sogar für dich."

Ich ziehe einen tiefen Krater zwischen meine Augenbrauen, genannt Stirnfalte, und sehe ihn skeptisch an. „Ich will es mal glauben, mein Schöner. Ich will dir mal ausnahmsweise glauben, dass du mich nicht auf den Arm nimmst und hier veräppelst. Und vielen Dank für das Kompliment auch."

„Für welches Kompliment denn?"

„Das ich nicht mehr die Jüngste bin, mein Guter. Ohne deinen freundlichen Hinweis wäre mir das fast entgangen. Nett von dir dass du mich daran erinnerst."

Ich glaube, ich bin gerade ein bisschen beleidigt. Zumindest passt mir dieser Hinweis nicht so richtig in den Kram. Bislang hatte ich keine Probleme damit älter zu werden. Aber der nächste Geburtstag, der bereitet mir ein paar Schluckbeschwerden, zumal ich dabei zusehen kann, wie Körper, Geist und Gegenwärtigkeit meiner beiden Alten, vor meinen Augen zerfallen. Schön ist das nicht, die Sache mit dem alt werden. Besser würde es mir gefallen wenn der „Ewige", diesen unseligen Ablauf, noch einmal neu überdenken würde. So zack-, einschlafen und am nächsten Morgen einfach nicht mehr aufwachen und fertig. Ausgestorben und erledigt. Das würde mir besser gefallen. Ja, das wäre gut. Aber nicht so ein ewiges Dahinsiechen und auf fremde Hilfe angewiesen sein. Das ist grausam und Menschenunwürdig. Was „Er" sich dabei gedacht hat, dass weiß der Geier. Ehrlich. Das ist richtig gemein, was er so mancher

Kreatur da zumutet. Wenn es auch heißt, dass man so stirbt wie man gelebt hat, kann ich bei meiner Mutter in ihrer Vergangenheit kein Vergehen finden, wodurch sie so ein beschwerliches Alter verdient hätte. Natürlich ist sie ein etwas herzloser Mensch gewesen. Egoistisch, besserwisserisch und immerzu über andere Menschen urteilend. Aber so... Nee jetzt. Das hat sie meiner Meinung nach nicht verdient. Man könnte fast glauben, wenn man das alles so sieht, dass alle Menschen die ihren Egoismus so freizügig lebten, am Ende so richtig eine vor den Latz geknallt bekommen. Das ist aber nicht der Grund dafür, warum ich eher ein großzügiger Mensch geworden bin, nein. Warum ich großzügig bin, hat nur den Grund, dass ich es gerne sehe wenn sich jemand über etwas so richtig freuen kann. Es gibt keinen schöneren Dank als die ehrliche Freude im Gesicht deines Gegenübers. Mir geht es jedenfalls so. Ob ich richtig damit liege, ist mir ziemlich Wurscht. Ich bin wie ich bin. Basta.

Mein Schöner betrachtet mich schmunzelnd, wodurch er mich ein wenig verunsichert. Früher, als noch das alte „Ich" in mir wohnte, und ich hinter jedem Baum einen Feind wähnte, hätte ich diesen Blick als spöttisch und überheblich vermutet. Heute weiß ich, dass in einem solchen Blick, nicht immer nur die Heimtücke lauern muss. Es gelingt mir mit zunehmendem Alter immer besser, wertfrei zu bleiben, und mich nicht gleich bis unter die Zähne zu bewaffnen um mich zu verteidigen, weil ich mir immerzu einbildete mich verteidigen zu müssen. Diese Einsicht nimmt mir eine große Portion Stress aus meinem inneren Gefühl.

Ich sehe ihm, meinem Schönen, mit festem Blick in seine überirdisch wundervollen, hellgrauen, irisierenden Engelsaugen, und erkenne darin die Seele eines Menschen, der mir einmal sehr viel bedeutet hat, und von dem ich nicht einmal ansatzweise ahnen konnte dass er mein leiblicher Vater gewesen ist. Leider habe ich die Wahrheit erst erfahren, da war dieser Mensch schon sehr lange tot und meine Mutter schon alt. Alt und uneinsichtig ein Geständnis abzulegen. Am Ende bin ich selbst darauf gekommen, und am Ende haben Mitwisser meine Vermutung bestätigt. Aber erst nachdem ich es ihnen auf den Kopf zugesagt habe. Es dauerte eine ewige Ewigkeit bis ich meiner alternden, sturen, hartherzigen, verschwiegenen Mutter dieses wohlbehütete Geheimnis verzeihen konnte, welches sie mir gegenüber, lebenslang im Verborgenen hielt, um ihren Mann, dessen offizielle Tochter ich nach dem Gesetz bin, zu schonen. Ich bin mir bis heute nicht sicher ob ich das wirklich drauf habe, die Sache mit der Vergebung. Im Moment, jetzt wo ich ihr dabei zusehen kann wie sie verfällt, empfinde ich nur tiefstes Mitleid mit ihr. Ob Mitleid vielleicht eine Facette der Vergebung sein könnte, weiß ich nicht zu sagen. Möglich ist es. Ich weiß es wirklich nicht. Fest steht nur, dass ich *nicht* so gehandelt hätte. Ich hätte mein Kind nicht so hinters Licht geführt und einem Fehlglauben überlassen. Nun ist es für eine Klärung der Gründe zu spät. Sie hat es so gehalten, und ich muss mich damit abfinden. Menschen sind nun einmal sehr unterschiedlich. Daran wird sich leider auch in Zukunft nichts ändern. Niemand erklärt dir – gibt genaue Auskunft darüber, warum Menschen individuell so verschieden sind. Sehr verschieden sind, kann man mit Fug und Recht und ohne Zweifel behaupten. Einzig Geburt und Tod verbindet sie miteinander. So wie es aussieht-, ist und bleibt Geburt und Tod, die einzige Gemeinsamkeit überhaupt. Und selbst diese unterscheidet sich in Art und Weise zwischen schwer und leicht-, schmerzvoll oder mit Leichtigkeit, eilend oder schleppend, langwierig, oder in der Kürze der Zeit. Nicht einmal in Geburt und Tod ist ein Gleichklang zu entdecken. Nur in der Sache selbst.

Nachdem ich für mich persönlich erkennen musste, dass ich so auch nicht weiterkomme, indem ich meine Gedanken - um Vergebung bemüht, von der einen Ecke in die andere schob, habe ich dieses Thema at Acta gelegt. Es bringt nichts wenn man immerzu auf ein- und demselben Problem herumkaut. Ich bin nicht religiös erzogen; vielleicht ist daraus diese Unbeholfenheit entstanden. Seitdem sich der Glaube an „Ihn" eingestellt hat, verlasse ich mich ganz entspannt darauf: „Er" lässt mich nicht im Stich. „Er" macht mir diese Lebenslüge meiner Mutter auf seine liebevolle Weise erträglich. Viel lieber beschäftige ich mich jetzt mit meiner Suche nach innerer Belichtung; mit meiner Suche nach innerem Frieden, mit mir, in mir selbst. Dabei strebe ich wahrhaft keinen Heiligenschein an. Der Durchblick reicht schon. Sollte es mir gelingen meine Kritik, mir selbst gegenüber in Zukunft etwas abzulegen, wird mein Selbstbildnis, welches ich von mir im Laufe der Zeit gewonnen habe, bald in den schillerndsten Farben glänzen. Dessen bin ich mir ganz sicher. Sich selbst lieben zu lernen, wenn es andere schon nicht tun, ist ein verdammt hartes Stück Arbeit. Hierbei ist die Toleranz zum eigenen „Ich" gefordert, die man jedem anderen Menschen vielleicht zugesteht, sich selbst aber, unbemerkt verweigert. Manchmal mag man geradezu daran verzweifeln, weil man wieder einmal, deshalb scheitert. Gelegentlich, habe ich mir vor kurzem so überlegt, werde ich dem „Ewigen" einen nützlichen Vorschlag unterbreiten: „Er" sollte vielleicht einmal darüber nachdenken, jeder Geburtsurkunde, einen Businessplan beizufügen. Dann würde man nicht so viel Zeit damit verdaddeln sich selbst finden zu wollen. Und wenn jedem Erdenbürger, unauslöschlich, die zehn Gebote auf den rechten Unterarm tätowiert würden, und die Menschen, jedes Mal wenn sie die Hand gegen jemanden anderen erheben, den Text vor Augen hätten, könnte man unter Umständen die unfähige Justiz völlig abschaffen und ewiglange Sühnezeiten enorm straffen. Als Kind dachte ich, das große Buch Mose habe meine Mutter verfasst. So naiv bin ich heute natürlich nicht mehr. Heute weiß ich, sie hat es nur diktiert. Sie hatte über die zehn Gebote hinaus, noch einen ganzen Sack voll anderer Auflagen im Petto gehabt, an denen ich schwer trug. Wie sollte unter dieser Last mein Selbstbildnis schillern? Man drückte mir ein Tuch in die Hand und gab mir den guten Rat, dass ich fleißig polieren müsse, wenn ich glänzen wolle. Das war so ziemlich alles was mir an Erziehung angediehen ist. Kein Wunder wenn hier und da etwas in die Grütze ging, oder? Jetzt nicht dass es an frommen Gesichtern gemangelt hätte, nein, nein. In der Kirche wusste man sich zu betragen. In der Kirche machte man (Mutter) Eindruck vor der neugierigen Gemeinde. So, wie es sich gehört auf dem pladden Land, wo der Nachbar besser über dich Bescheid weiß als du selbst. Ach hätte ich doch nur ein Mitspracherecht im göttlichen Komitee. Dann würde ich auf der Stelle Klatsch und Tratsch-, die Gier nach Sensationen, Skandalen und dem Leid anderer, auf der Stelle abschaffen. Auf dem zweiten Platz der Eigenschaften, die ich gerne abschaffen würde, lägen Neid und grenzenlose Dummheit, die Allzeit dazu in der Lage sind, jederzeit einen neuen Krieg anzuzetteln, und sei es nur in der eigenen Familie oder unmittelbaren Nachbarschaft. Und noch etwas würde ich zu gerne einführen: Eine Hand voll Seligkeit für jedermann gratis. Einfach nur so. Als Grundausstattung sozusagen. Als auskömmlichen Proviant für alles was kommt.

„Wenn du einen Wunsch frei hättest...", unterbricht der Schöne meine gedankliche Reise in die Vergangenheit plötzlich.
Grund Gütiger, bin ich vielleicht zusammengezuckt. Ich hatte ganz vergessen dass er mir immer noch gegenüber saß, und ich ihn, ganz in Gedanken versunken, überhaupt nicht mehr wahrgenommen hatte. Wie kann man im Geiste nur so abdriften?
„Entschuldige bitte. Was hast du gerade gesagt? Ich war ganz woanders eben." (Er lächelt volle Güte).
„Hab´ ich gesehen. Ich sagte: Wenn du jetzt einen Wunsch frei hättest, denn ich dir – mit Erlaubnis vom Chef erfüllen dürfte, was würde das sein? Jetzt nicht ein neues Auto-, eine größere Wohnung oder eine Weltreise und so. Nichts Materielles, eher etwas Ideelles, meine ich damit. Das ewige Leben oder den Weltfrieden. Gesundheit... So etwas in der Art, verstehst du?" (Sein Lächeln ist verschwunden).

„Mhm… überlege ich und fühle mich mit dieser hypothetischen Frage etwas überrumpelt. Daran, dass er *nicht* mehr lächelt, kann ich jedoch ablesen dass ihm ernst damit ist. Diese und ähnliche Fragen habe ich mir oft schon selbst gestellt. Daher nehmen meine Überlegungen, zur Beantwortung seiner Frage, nicht allzu viel Zeit in Anspruch. Ich antworte:

„Ich will nicht mehr so viel wie letztes Jahr, mein Schöner. Mir ist nämlich aufgefallen, dass einiges an Wünschen sich immer dann erfüllt, wenn ich respektvoll die nötige Geduld aufbringe, demütig abzuwarten bis ich an der Reihe bin. Ungehaltene Drängeleien, oder gar selbst in den Ablauf der Geschehnisse einzugreifen, habe ich mir - nach ein paar gehörigen, schmerzvollen Schiffbrüchen die es in sich hatten, längst abgewöhnt, weiß du. Wenn ich daran zurückdenke, was ich mit meiner Ungeduld alles angerichtet habe-, wieviel Schaden mir dadurch entstanden ist, dann kann ich heute nur noch mit dem Kopf über mich selbst schütteln. Mein Temperament- meine Leidenschaft, waren mir stets ein großes Hindernis. Immerzu habe ich mir selbst ein Bein gestellt und bin heftig auf die Schnauze geknallt. Kein Schuss ins Kontor brachte mich zur Vernunft, auch wenn er noch so schmerzhaft gewesen ist. Es ging gerade so weiter, lernresistent wie ich damals nun war. Geduld zu erlernen bedeutete mehr Anstrengung, als ich hätte aufbringen müssen, strebte ich danach die chinesische Sprache in Wort und Schrift zu erlernen. Insofern hat mir die Zeit der Einkerkerung - die ich wegen meines Peinigers in Kauf nehmen musste, einiges an hilfreichem Wissen vermittelt. Damals fing ich an Bücher zu lesen. Unvorstellbar. Ich und

Bücher lesen? Stell dir das mal vor. Wo ich doch keine fünf Minuten auf meinem Hintern sitzen bleiben konnte. Ich und die vielgepriesene Kontemplation? Ha...! Das war gerade so, als ob alle Wasser dieser Erde von nun an den Berg hoch strebten. Ein Ding der Unmöglichkeit. Und trotzdem: Ich habe es tatsächlich geschafft und die Zeit dazu genutzt, die Werte die ich lebte, neu zu überdenken und neu zu strukturieren. In Büchern kluger, lebensweiser Autoren, durfte ich erfahren dass der Hass, welcher mir von meinem unermüdlichen Peiniger entgegenschlug, nichts anderes gewesen ist, als eine gescheiterte, zurückgewiesene Liebe. Auf diese Idee wäre ich Idiotin niemals von alleine gekommen. Insofern..."

„Wenn man dir so zuhört, sagte der Schöne, angetan von meiner freiwilligen Beichte, „könnte man tatsächlich annehmen, du seist in Richtung Zufriedenheit auf dem Weg."

„Bin ich glaube ich auch. Oder besser noch: Ich bin. Ich bin dabei, ich bin, zu werden. Hammer, nicht wahr? Früher wusste ich nie was der „Ewige" damit meinte, als er diese beiden Worte im Buch der Bücher niederschreiben ließ. Aber jetzt, am Ende der Via Dolorosa ankommend, habe ich es endlich begriffen. Wir Menschen sollen einfach nur sein. Sein wer wir sind, und nicht versuchen jemand anderer sein zu wollen; mehr sein zu wollen. Wir dürfen niemandem etwas vorspielen-, ihn täuschen, hinters Licht führen; am wenigsten uns selbst. Nichts da von wegen: Mehr Schein als Sein. Das ist nämlich völliger Käse und wird von „Ihm" geahndet.

„Ja schon. Wenn es so ist, dann ist es wirklich ein Hammer, wie du das so salopp sagst. Was uns betrifft: Wir Schutzengel, bleiben in Bezug auf eure angestrebte Zufriedenheit, gerne skeptisch. Wie oft haben wir das schon zu hören bekommen, und dann braucht es nur den kleinsten Windhauch und die Kandidaten fallen um wie Dominosteine, weil sie sich selbst, grenzenlos überschätzt haben. Du erzählst mir, dass du nicht mehr so viel willst wie letztes Jahr. Aber was ist mit dem nächsten- dem kommenden Jahr, und dem übernächsten und übernächsten, in der Zukunft generell? Wird es dabei bleiben? Es fällt mir schon etwas schwer dir abzukaufen, dass du angeblich keine Wünsche mehr hast. Etwas muss es doch noch geben worüber du dich freuen würdest."

„Also: Dann fange ich mal ganz von vorne an, mein Schöner. Zumindest will ich versuchen es dir plausibel zu machen. Ich verstehe ja deine Zweifel voll und ganz. Vielleicht bin ich auch selbst schuld daran dass ich dir etwas Unglaubwürdig erscheinen muss, ich weiß. Wenig ist es ja nicht gerade, wobei ich oftmals versucht habe dem Schicksal – meinem Schicksal - auf die Sprünge zu helfen. Ich habe die Ungeduld vermutlich geradezu selbst erfunden. Aber mit meiner Zufriedenheit sieht es wirklich deutlich, deutlich besser aus, glaube mir. Materielle Wünsche habe ich wirklich keine. Ungelogen. Es ist so. Und wenn du mir das nicht glauben willst, dann brate ich mir ein Ei drauf. Es ist mir egal. Glaube was du willst; das ist deine Sache. Natürlich hätte ich ein paar kleine Wünsche in eurer Wetterküche vorzutragen; wer nicht. Ich frage mich manchmal wirklich, was ihr, in eurer Hauptgeschäftsstelle der Wetter-Schneiderei über den Azoren, so treibt. Man könnte meinen dort fließt Alkohol in Strömen und Petrus sei manchmal (oft) sturzbetrunken. Was denkt sich bloß euer Wetter-Chefkoch dabei, wenn er, in den ärmsten der armen Länder, Naturkatastrophen anordnet? Hhm... Was denkt der sich dabei, der Knallkopp? Muss das sein? Hat er keine besseren Ideen? Wenn man manchmal das Fernsehgerät einschaltet, und die schlimmsten Bilder der Verwüstung sieht, dann möchte ich am liebsten in zehn Kilometern Höhe, ganz oben, mit den Jet-Streams Richtung Azoren düsen und ihm, Petrus, mal so richtig in seinen Kochtopf spucken. Menschen kann man hier weiß Gott nicht zur Verantwortung ziehen. Hier nicht. Apropos Wetter: Wenn wir schon mal dabei sind imaginäre, immaterielle, *wasauchimmer* für Wünsche du damit meinst, hypothetisch durchzuhecheln: Ich persönlich bevorzuge, von allen Monaten des Jahres, den November, weil ich die Mystik so liebe die diesem Monat innewohnt. Stell dir mal vor, ich hätte Tatsache einen immateriellen Wunsch frei, und würde mir *zwölf* Monate November im Jahr wünschen können, dann könntet ihr gleich eine schusssichere Weste mitliefern, weil ich mich nicht mehr auf die Straße hinaus wagen könnte. Insofern ist es gut, dass Wünsche dieser Art, für immer unerfüllbar bleiben."

Mein Schöner lächelt endlich wieder und nickt mit seinem erhabenen Kopf zur Bestätigung meiner Worte. Seine langen brünetten Haare schillern bei jeder Bewegung in der Sonne. Wäre er ein Mensch aus Fleisch und Blut, käme ich glatt auf die Idee, meine Einsiedelei, noch einmal zu überdenken.

„Ja. Die Sache mit dem Wetter sehe ich ja ein, weil zu viele Mitmenschen davon betroffen wären, dürfte nur einer alleine die Bestellungen aufgeben. Aber wer genau, der Verursacher dieser Naturkatastrophen ist, steht auf einem ganz anderen Blatt, meine Liebe. Darüber müssen wir uns noch mal gesondert unterhalten. Nur so viel vorweg: Petrus ist nicht immerzu sturzbetrunken. Er ist genau wie ich strukturiert, schon vergessen?" (Ich nicke beleidigt). „Und nun strenge dich mal ein bisschen mehr an. Ich bin mir ganz sicher, es lässt sich auch bei dir etwas finden was du dir sehnlichst wünschst, sagt er, voller Überzeugung dass dem so ist.

„Ja. Du hast Recht", antworte ich nach einem winzigen Augenblick der stillen Besinnung. „Da gäbe es wirklich etwas was ich mir wünschen würde. Eine Kleinigkeit gibt es, ja."

„Siehst du. Wusste ich`s doch. Einen Mensch ohne Wünsche den gibt es nämlich nirgends auf der Welt. Nicht einmal ein buddhistischer Mönch ist frei von Wünschen; der hat nämlich auch manchmal Hunger. Dann schieß mal los. Ich bin ganz Ohr."

„Na gut. Du gibst ja doch vorher keine Ruhe. Es ist so: Vor ein paar Wochen, so lange ist es noch gar nicht her, da saß ich wie so oft in meiner kleinen, hübschen Wohnung, die mir so viel Geborgenheit vermittelt, und sah aus meinem großen Fenster, hinaus auf die offene See. Es war ein Tag, ganz nach meinem Geschmack, weil der Himmel sich ganz tief duckte, und sich am Horizont, dort, wo man sonst sogar ganz leicht die Erdkrümmung erkennen kann, mit der Fülle des Meeres zärtlich vermählte. Eine innige Umarmung, ein Contemporary der Elemente, so wie ich es gerne habe. Die unzähligen Grautöne-, mal heller im zarten Restlicht, mal dunkler-, verfolgt von der herannahenden Dämmerung, besungen von einem leichten Ostwind, kann man weder Beschreiben noch in die richtigen Worte fassen; so mystisch und schön empfinde ich diesen Anblick, dieser beruhigenden, grauen, kraftvollen Elemente. Diese ganz besonders friedliche Stimmung, die so viel Zeit zum Nachdenken einräumt und Platz dafür schafft eine kleine Zwischenbilanz aufzustellen. Kurzum: Wetter das mich einfach glücklich macht, obwohl die große Mehrheit der Menschen den Sonnenschein eher liebt. Ich nicht. Ich mag es grau in grau. Wenn es dann so richtig stürmt und regnet, kann ich mein Glück kaum fassen. Eine Freundin glaubte einmal sagen zu müssen, ich neige diffus, wenn auch leicht nur, zur Schwermut. Das weise ich aber strikt von mir, weil es einfach nicht stimmt. Depressionen - egal welcher Art, sind mir völlig fremd. Selbst dann nicht, wenn mir das Wasser bis zum Hals steht. Hier und da bin ich schon einmal traurig, ja. Das hat aber mit einer Depression nicht das Geringste zu tun. Woher ich diese Kraft habe...? frage mich nicht. Ich weiß es nicht.

„Das könnte ein ungebrochener, gesunder Optimismus- oder ein großes, inneres Selbstvertrauen sein. Deinen Kampfesgeist nicht zu vergessen", warf mein Schöner dazwischen.

„Selbstvertrauen ja. Da gebe ich dir Recht. Aber Optimismus...? Ich weiß nicht recht; muss ich nochmal drüber nachdenken. Auf jeden Fall, ich war sehr, sehr glücklich an diesem grauen Nachmittag. Alles passte so gut zusammen. Sogar die sonst so streitbaren, schreienden Möwen, die gegenüber auf dem Flachdach sitzen und nach Beute Ausschau halten, verhielten sich ruhig. Sie hielten ausnahmsweise mal ihre laute, kreischende Klappe. Sie gehen mir manchmal gehörig auf den Nerv mit ihren ewigen Streitereien und Klagen. Ich kuschelte mich also auf meinen Nachdenkplatz und sah zufrieden nach draußen. Bei dieser Gelegenheit sortierte ich im Geiste, diverse Erlebnisse aus allerjüngster Vergangenheit, in meinen großen, imaginären Lebenserfahrungs-Schrank ein. Darin, in diesem Schrank, sind viele verschiedene Fächer für Ereignisse und Erkenntnisse aller Art. Fächer für die schönen- und die bedrückenden, die guten- und schlechten Situationen und Ereignisse. Dort, wo ich die Schönen und Guten Dinge ablege, ist noch allerhand Platz vorrätig. In der anderen Abteilung wird es langsam etwas eng. Vielleicht sollte ich den Lebenserfahrungsschrank eines Tages erweitern; mal sehen. Diese Investition würde ich mir aber gerne ersparen, ehrlich gesagt"

Der Schöne saß immer noch unverändert aufmerksam am Tisch und beobachtete ganz genau meine Körpersprache. Wer sich hierbei gut auskennt, kann einen Lügner schnell entlarven. Ein paar kleine Kniffe kenne ich auch. Aber ich werde einen Teufel tun sie zu verraten.

„Ich bin immer noch ganz gespannt, was genau, nun dein Wunsch sein wird; worin er besteht. Hast du den Faden verloren, oder erzählst du ihn mir jetzt gleich?", fragte der Schöne, ohne erkennbare Ungeduld, jedoch leicht drängend.

„Nein nein, habe ich nicht. Ich komme gleich noch dazu. Ich wollte nur die Werte kurz anschneiden, die ich jetzt lebe, damit du auch gut erkennen kannst inwiefern ich mich verändert habe, verstehst du?"

Früher, vor ein paar Jahren noch, wäre mir ein tief verhangener Himmel überhaupt nicht aufgefallen.

Ich wäre achtlos gewesen; hätte die Schönheit nicht einmal registriert.

„Rede ruhig weiter, meine Liebe" sagte er komplett relaxt und legte dabei seine Füße gemütlich auf die Balkonbrüstung. „Ich habe alle Zeit der Welt. Und wenn wir Morgen noch hier sitzen und uns unterhalten. Egal. Ich habe Zeit. Rede nur weiter."

Es schien dem Schönen ganz gut bei mir zu gefallen, hatte ich den Eindruck. Er genoss sichtlich die wärmende Sonne und meine Gesellschaft.

„O.k. Na dann...: Du hast ja keine Vorstellung davon, wie viele Bücher ich zwischenzeitlich, seit deinem letzten Besuch 2006, verschlungen habe. Wie viele Fernsehsendungen ich mir schon reingezogen habe, wie viele, unendlich viele Gespräche ich mit zwei empathischen Freundinnen geführt habe, die teilweise sogar bis in die Esoterik abglitten. Wir haben sogar Karten gelegt, stell dir das mal vor. So weit sind wir gegangen. Heute weiß ich dass man das nicht darf. „Er" sieht solchen Unfug nicht gerne. Es sind ganze Berge-, Unmengen und viele Stunden die da zusammenkommen, würde man die Zeit addieren die ich dafür aufwandte um auf Selbstfindungsreise zu gehen, glaube mir. Und allerhand Nonsens. Der auch. Ich kam mir schon vor wie in einer hurtigen Wäscheschleuder, hin und hergerissen zwischen allerneuesten Erkenntnissen und immer wieder aufkommendem Zweifeln. Aber nie kamen wir wirklich dahinter, die Frage nach dem Sinn des Lebens wirklich und endgültig, als nachhaltige, sinnvolle Essenz herauszufiltern. Irgendwo, in irgendeinem stillen Eck, drückte sich immer noch ein letztes, schlaffes Fragezeichen herum. Und jetzt komme ich auch auf den Punkt, mein Schöner. Zu dem Punkt, aus dem mein Wunsch resultiert, nach dem du mich Anfangs gefragt hast. Nachdem ich nun einsichtig geworden, diese beinahe schon pathologische Sinnsuche aufgegeben habe, und ich mich auch von niemandem mehr beirren lasse, weil ich erkannt habe dass ich selbst eine Idiotin bin, die dem Anschein- dem Versprechen deines Chefs, dass wir Menschen angeblich einen freien Willen hätten, nämlich gehörig auf den Leim gegangen bin."

„Wie bitte? fragte der Schöne, von dem ich annahm dass er gleich in der Sonne dahindämmert. Er nahm seine Füße wieder von der Brüstung und sah mich aufmerksam, etwas erschrocken an.

„Ja. Ich meine was ich sage. Wir Menschen haben überhaupt keinen freien Willen. Das sind meine Erkenntnisse. Alles nur Käse, dummes Zeug wenn du mich fragst. Humbuck, mehr nicht."

„Wie kommst du darauf? Natürlich habt ihr einen freien Willen. Adam und Eva hatten die Wahl wie du weißt."

„Papperlapapp Adam und Eva. Ein Märchen für Erwachsene die dazu neigen, alles zu glauben, wenn man es ihnen nur entsprechend schmackhaft macht, oder es in ihre Köpfe lange genug, und immer wieder, entsprechend eintrichtert. Hätten wir wirklich einen freien Willen, würden wir nicht jedes Mal eins in die Schnauze kriegen wenn wir davon Gebrauch machen. Wir werden schon ganz bewusst in *die* Richtung gelenkt, in die der Herr und Gebieter uns haben will. „Er" macht das auf eine ganz subtile Art und Weise, so, dass wir erst einmal ahnungslos sind und nichts, wirklich nichts bemerken, taub wie wir sind."

„Und wie?"

„Ganz einfach. Er lässt uns die Ausführung- das Ergebnis des angeblich freien Willens einfach nicht
gelingen. Nix da, von wegen breiter Weg und so. So
banal- so simpel aber ebenso effizient ist die ganze
Chose. Echt ein Witz. Einfach aber wirkungsvoll."

„Sage mir mal ein Beispiel. Ich komme gerade nicht
mehr mit was du damit meinst."

„Na zum Beispiel: Wenn man sich von einem Partner
trennt, weil man einen anderen-, einen neuen Partner im Auge hat, und sich unsterblich verliebt glaubt,
der alte Partner aber noch gut ist und sich nichts hat
zu Schulden kommen lassen. Hat man dem alten
Partner, dem, der noch gut ist, Unrecht getan, geht
die neue Beziehung zur Strafe erstrecht in die Grütze, verstehst du? Es gelingt einfach nicht mehr glücklich zu werden. Zumindest nicht auf lange Sicht. Am
Anfang ja, solange das Feuer noch brennt, dann ja.
Aber irgendwie-, irgendwann bekommen wir immer
unsere Strafe für das was wir mit unserem angeblich
freien Willen schon wieder einmal so alles angestellt
haben. Wir dürfen nur *dann* jemanden verlassen und
aufhören zu kämpfen, wenn beider Leben unerträg-
lich geworden ist. Wenn beide damit friedvoll einverstanden sind, weil man ohnehin, von Anfang an
nicht füreinander bestimmt gewesen war. Weil alles
ein Irrtum gewesen ist, man aber – ohne es selbst zu
bemerken - gegen alle Argumente, die anfangs eindeutig *gegen* diese Beziehung sprachen, wieder einmal seinen freien Willen, wider besseres Wissen
durchgesetzt hatte. Wenn man unbedingt den Einen-
oder die Eine haben wollte, obwohl diese Beziehung
von Anfang an zum Scheitern verurteilt gewesen ist,

dann haben wir so einen Fall. Wenn wir wider besseres Wissen gehandelt haben. Das meine ich damit. Man Erkennt zwar deutlich die ersten Anzeichen, hat vielleicht so ein unerklärliches Grummeln im Bauch, stellt sich aber blind und taub, und handelt eben gegen jedes bessere Wissen. Gegen die Intuition, gegen jede Vernunft, weil sie vielleicht gerade, wieder einmal eine längere Pause macht. Geblendet davon, was wir so als Liebe bezeichnen, in Wirklichkeit aber, nur eine Verliebtheit ist. So etwas ist doch keine Seltenheit. Ich kann ein Lied davon singen. Das ist aber nur ein Beispiel von vielen. Wir kriegen immer unser Fett weg, wenn wir glauben etwas tun zu müssen, was wir unbedingt wollen, obwohl es für uns oder jemand anderen, aber nicht zuträglich ist; nie sein wird und nie gewesen war, verstehst du? Meine Güte, jetzt habe ich mich aber ordentlich in meinen Ausführungen verheddert. Du hast mich aber verstanden und weißt was ich damit meine, ja? "
„Kein Wort." (Der Schöne grinst amüsiert).
Also nochmal: Ich meine damit..."
„Lass nur. Ich habe schon kapiert was du mir sagen willst. Ich wollte dich nur ein bisschen ärgern. Aber was ist mit dem althergebrachten Argument: Kämpfe Mensch. Sei ein Alchimist? Kämpfe für deine angestrebte Sache. Du kennst den Spruch sicherlich. In diesem Fall wäre es ein neuer Partner, richtig?"
„Na klar kenne ich den; wer nicht? Dagegen ist ja auch nichts einzuwenden. Natürlich sollen wir für eine Sache kämpfen und nicht immer auf halbem Wege kehrt machen. Aber es muss eben die *richtige* Sache sein. Die faire und gerechte Sache. Die Gute. Die falsche Sache ist doch von vornherein zum Schei-

tern verurteilt. Ach was soll`s. Wir Menschen sind oft so eitel und eingebildet, dass wir von uns glauben, klüger als der „Ewige" höchst persönlich zu sein. Wir philosophieren uns die Köpfe wund-, schreiben tonnenweise kluge Bücher, stellen Nachforschungen bis hin zum Urknall an, lassen von klugen Psychologen in unserer Kleinstkindheit herumkramen und ändern am Ende... nichts. Nichts, das menschliche Einzelschicksal betreffend. Wir bleiben uneinsichtig-, bleiben ohne positive Erkenntnisse, ohne Wandlung in uns selbst auf der Strecke, geben es nicht einmal zu, und ziehen unser Ding-, von dem wir glauben dass es unser großes Selenheil bedeutet, trotzdem durch. Wider besseres Wissen, wie schon gesagt. Dabei ist - nach meinem persönlichen Empfinden, nach meinem heutigen und jetzigen Wissensstand, alles doch so simpel, wenn man nur endlich bereit wäre zu glauben, zu vertrauen und sich von „Ihm", an seiner Hand gehend, führen zu lassen und zum Urvertrauen zurückzukehren."

„Das hört sich ganz vernünftig an. Ich bin erstaunt über deine *eigene* Veränderung. Angenehm überrascht, ganz ehrlich. Erzähle mir von deinen neuen Sichtweisen. Ich möchte alles wissen. Aber wir sind schon wieder vom eigentlichen Thema abgekommen. Es steht immer noch die Frage im Raum, was du persönlich, dir, immaterielles wünschen würdest."

„Wir sind eigentlich schon fast am Ziel. Mein Wunsch erklärt sich beinahe von selbst, mein Schöner. Wo bleibt deine Weisheit in der du mir so haushoch überlegen bist?"

„Ich stehe gerade eben wirklich auf der langen Leitung. Worauf willst du hinaus?"

„Ganz einfach: Ich würde mir wünschen, dass die Menschen sich von „Ihm", deinem Chef, führen lassen würden. Damit meine ich *alle* Menschen. Ausnahmslos alle. Egal wie sie, die Menschen, „Ihn" titulieren. Ob Gott, Allah, Adonai ganz egal; das spielt doch überhaupt keine Rolle. Der Weg, egal welcher, wäre immer der Gleiche. Unser eingebildetes Wissen in Bezug auf „Ihn" wird *immer* rudimentär bleiben. Da beißt die Maus keinen Faden ab, nicht wahr? Und, nicht zu vergessen: Ich würde mir wünschen dass sie es - sich führen zu lassen, mit einem kleinen Lächeln im Gesicht tun würden. Es kostet doch nichts, außer einem bisschen Überwindung, einem bisschen innerer Entspannung, einem Häppchen Freundlichkeit. Das ist im Grunde auch schon alles was ich aus meinen sinnlosen Sinnsuchereien als Essenz herausgefiltert habe. Man trifft – mit ganz viel Glück zwar, auf den ein- oder anderen bei dem der Groschen gefallen ist, aber die dumme Sache wegen des lebenswichtigen, heilspenden, schön anzusehenden Lächelns... das kriegen die wenigsten hin. Ich würde mir so oft, so sehr wünschen, ich begegnete ein paar freundlichen Gesichtern wenn ich ins Städtchen gehe. Wir befinden uns hier wahrhaft an einem paradiesischen Fleckchen Erde, und hier machen unzählige Menschen Ferien, aber glaubst du, man sieht hier bei uns mehr freundliche Gesichter als sonst wo? Pustekuchen, mein Schöner. Weit gefehlt. Nicht die Bohne. Es ist zum Davonlaufen. In der Hauptsaison, speziell im Sommer, habe ich nicht selten das Gefühl ich laufe durch eine wütende Büffelherde hindurch. Und da wären wir wieder beim Thema Undankbarkeit angelangt. Wenn ich mir heute überlege, dass ich früher selbst so gewesen bin, und auch ständig übers Wetter gemault habe, könnte ich mir heute ein Gebiss anfertigen lassen und mich damit selbst in den Hintern beißen. Wie dumm kann man überhaupt sein? Hhm...? Erklärst du es mir? Wie dumm sind wir? Ein profanes, einfaches, ehrliches Lächeln kostet doch nichts. Warum tun wir es dann so selten?"

„Da sagst du was, meine Liebe. Diese unübersehbare Tatsache ist bei unseren Teambesprechungen immer wieder ein großes, primäres Thema. Natürlich kennen wir die Ursachen ganz genau, wir sind aber nicht autorisiert einzugreifen. Leider."

„Lass mich raten: Es ist die liebe Unzufriedenheit, stimmt`s?

„Richtig. Die liebe, liebe Unzufriedenheit, eng im Bunde mit der unseligen Undankbarkeit. Man kann es den Menschen einfach nicht klarmachen, dass sie es selbst in der Hand haben daran etwas zu ändern. Ihre Sichtweise und Einstellung zum eigenen Leben zu verändern-, andere Werte zu leben, die kleinen Dinge zu schätzen und damit aufhören so negativ, so destruktiv zu denken. Sie vergessen immerzu dass sie mit ihrer Denkweise, seitenweise Bestellungen ins Universum abfeuern, die selbstverständlich bei uns ankommen und umgehend bearbeitet werden. Dafür ist „Er", sind wir doch da. „Er" macht das innen und außen, liefert das Leben schlechthin, bestimmt welche Zelle leben darf, und wir... wir begleiten und halten unsere Hände schützend über euch. Die Menschen selbst müssten dieses Geschenk eigentlich nur noch voller Dankbarkeit umsetzen. Mehr nicht. Fatal an der Sache ist: Sie wissen es. Die Menschen kennen den Spruch „innen wie außen", sie wissen dass sie das große Glück hatten auserwählt zu sein; hier sein zu dürfen. Sie halten sich aber nicht daran. Stattdessen beschäftigen sich viel lieber mit ihrer notorischen Unzufriedenheit und schielen danach was andere haben, sie selbst jedoch nicht. Manche von ihnen sind so verblendet, dass sie diese Aussage, nur auf ihr Umfeld beziehen, sich selbst-, ihr eigenes Äußeres und Inneres, aber vollkommen vernachlässigt außer Acht lassen. Dabei liegt ihr eigenes inneres und Äußeres ihnen selbst doch am allernächsten. Wir, das göttliche Komitee, sitzen dann nur sprachlos an unserem großen gläsernen Tisch, und schütteln verständnislos unsere Häupter. Was soll man denn sonst noch machen? Mehr als diese Botschaft zu verbreiten können wir auch nicht tun. Wir sind Schutzengel und keine Weihnachtsmänner."

„Mhm... verstehe. Lange genug habe ich dazugehört. Ich muss zugeben dass ich selbst Jahrzehnte gebraucht habe bis der Groschen gefallen ist. Wie du weißt bin ich ja noch jung im Glauben. Aber seit dem ich mich dazu entschlossen habe an „Ihn" zu glauben, geht es in der Tat besser von der Hand, dieses Leben. Ich muss mich zwar ab und an, hier und da, wieder daran erinnern und selbst korrigieren, aber alles in allem funktioniert es schon ganz gut."

„Das ist schön. Das freut uns. Wir empfinden jeden einzelnen, der sich dieser Denkweise anschließt, als eine besonders angenehme Art des Bekenntnisses zu „Ihm", auch wenn es oft spät erscheint. *Dafür* ist es nie zu spät. Nie. Es ist sozusagen der schönste Lohn für unsere mühsame Arbeit die wir tun. Selbst wenn jemand noch jung im Glauben ist, so wie du... Unser Motto heißt immer schon: Besser spät als nie."

„Eines verstehe ich nicht, mein Schöner: Jesaia konnte doch in die Zukunft blicken. Wieso hat er das nicht kommen sehen? Warum hat er nicht vorausgesehen, dass der Tag kommen wird, an dem die Menschheit ihrer eigenen Unzufriedenheit, Intoleranz, Machtgier und Engstirnigkeit anheimfallen würde? Das musste er doch gesehen haben, verflixt. Warum hat Jesaia sich nicht mit dem großen-, dem herrlichen Imperator an einen Tisch gesetzt und über eine vernünftige Profilaxe beratschlagt? Sie hätten doch gemeinsam etwas dagegen tun-, und diese fürchterliche Entwicklung verhindern können. Der freie Wille wäre dabei trotzdem unangetastet geblieben, hätten diese verheerenden Eigenschaften, erst gar keinen Raum auf dieser Welt bekommen, weil „Er" sie erst gar nicht erfunden hätte, nur als Beispiel. Was es nicht gibt kann man nicht praktizieren; so einfach ist das. Aber nein... Das war wohl zu viel verlangt. Die Welt hebt sich gerade Zusehens selbst aus den Angeln. Frei von Angst bin ich selbst auch nicht, das gebe ich gerne zu. Wem soll man denn noch vertrauen der aus diesen dogmatischen Ländern entstammt und andersgläubige nicht toleriert-, sie sogar töten will? Man redet zwar immer von Minderheiten, aber wie erkennt man diese Minderheit? Keinem von ihnen steht auf die Stirn geschrieben, dass er ein, zu allem bereiter, Fanatiker ist. Und so entstehen dann vernichtende Vorurteile gegen alles und jeden, der oder die, nicht so sind wie wir selbst, und richtet damit weiteres Unheil an, mit diesem elenden Vorurteil. Ein ganz schöner Mist ist das. Die Katze beißt sich pausenlos selbst in den Schwanz. Und letztlich ist doch, diese seuchenartig verbreitete Unzufriedenheit, auch ein

Taufpate gefährlicher Intoleranz, nicht nur unberechenbarer Fanatismus. Und wozu Intoleranz und Machtgier so fähig sind, das sehen wir doch jeden Tag in den Nachrichten, wenn wieder einmal dieser ISIS-Irrsinn großes Leid verursacht hat. Die anderen fanatischen Gruppierungen gehören natürlich auch dazu, nicht nur die ISIS. Ich führe sie nur als Beispiel an. Man kann diesen selbsternannten, verblendeten Gotteskriegern einfach nicht beikommen. Dabei ließe sich doch so einfach auf Liebe und Philosophie ein ganz vernünftiger, funktionierender Frieden aufbauen. Aber das hier... dieser nicht enden wollende Terror, der macht mich und alle anderen sehr bedrückt. Mich, und alle anderen Menschen mit mir, die diese verirrte Ideologie-, diese falsche Interpretation der heiligen Schrift-, der Bibel des Korans, der Scharia, der Tora, überhaupt nicht mehr verstehen und nachvollziehen können. Was nehmen diese Fanatiker sich heraus, frage ich mich. Du, mein Schöner, magst meine Worte für simpel und naiv halten, aber ich weiß mich nicht besser auszudrücken."

„Diese selbsternannten Gotteskrieger, wie ihr Menschen diese bösen Minderheiten nennt, die bekommen schon noch ihr Fett weg. Nur keine Sorge, meine Liebe. Spätestens wenn sie mausetot sind werden sie große Augen darüber machen, dass sich ihre verirrte Ideologie-, ihre falsche Interpretation, nicht erfüllen wird. Spätestens wenn sie dem altbekannten Dämon Namens „Teufel" gegenüberstehen müssen, werden sie ihren Irrtum schnell erkennen."

„Ja ja. Spätestens. Du sagst es: Spätestens. Für meinen Geschmack ist das aber zu spät, weil sie dann schon ihr verheerendes Teufelswerk, meist schon erfolgreich erledigt haben. Weil sie sich als Richter und Henker aufspielten und ohne Gnade und Mitleid agieren, diese Mordbuben. *Vorher* solltet ihr etwas tun, damit es erst gar nicht so weit kommen kann. Nicht spätestens. Das ist doch für die Tonne, damit ist uns doch hier nicht geholfen. Überlege doch mal sachlich. Bleibe in der harten Realität."

„Freier Wille. Schon vergessen? Auch diese Kreaturen verfügen über einen freien Willen. Was soll man machen? Es ist wie es ist."

„Oh, ich kann es schon nicht mehr hören. Dieser dämliche freie Wille richtet so derart viel Schaden an, dass das Gute in dieser Grundidee, doch regelrecht vor die Hunde geht; so, wie unsere gesamte schöne Welt langsam vor die Hunde geht."

„Ach meine Liebe... Glaubenskriege gibt es seit Bestehen der Menschheit. Unheil, mit vielen Opfern einhergehend, das gab es schon immer. Früher, in der guten alten Zeit wie man sie irrtümlich gerne nennt, musste man jedoch mühsam alles aufschreiben und in der restlichen Welt verbreiten. Heutzutage ist dafür nur noch ein Mausklick nötig. Etwas zu propagieren ist seit langem schon ein leichtgewordenes, schnelles Kinderspiel, für jedermann zugänglich; Fluch und Segen der Technik. Andrerseits, haben die Erdenbewohner natürlich ein Recht darauf zu erfahren, was in der Welt so vor sich geht. Und so leicht, so einfach, wie man gezielt gute und schlechte-, wahre und gelogene Informationen auf der ganzen Welt im Nu hurtig verteilen kann, so schnell werden diese Informationen auch wieder vergessen oder verdrängt. Überhaupt: Alles was nicht in eurem unmittelbaren Umfeld stattfindet, oder euch und eure Lieben nicht direkt betrifft, berührt euch doch nur sehr, sehr peripher. Ihr habt aus Mitgefühl eine Mangelware-, und aus Vorurteilen eine Massenware gemacht. So ist es doch."

„Stimmt. Leider. Ich muss da nicht weit gehen. Ich brauche mir nur meine beiden Alten anzusehen. Sie sind ein unrühmliches Beispiel dafür. Ihnen ging es im Leben eigentlich immer gut, mal abgesehen davon, dass der „Alte" in russischer Gefangenschaft gewesen ist, die er heute noch ebenso verherrlicht wie den Krieg als Solches. Er sieht- und fühlt sich als Held. Ich werde das nie verstehen. Der Mann meiner Mutter war ein überzeugter, kleiner, unbedeutender Mitläufer-Nazi. Einfach *e-kel-haft*. Was haben wir deswegen schon für Streitigkeiten gehabt. Ja, es ging ihnen nach dem Krieg immer gut. Trotzdem: Sie gehören heute zu denjenigen die sich am lautesten über alles und jeden beklagen. Wenn es ihnen nachginge, wenn sie etwas zu sagen und bestimmen hätten, dürfte kein Ausländer die Republik betreten. Sie fürchten um ihr bisschen Hab und Gut, um den Platz um sie herum. Erinnerte ich mich nicht pausenlos selbst an meine Toleranz, ich würde es nicht mehr hinnehmen können, dieses dämliche Geschwätz, diese wilden, unwissenden Vorurteile. Es gab Zeiten in meiner Vergangenheit, da vermied ich so gut ich nur konnte einen Besuch zu Hause zu machen, weil es jedes Mal an der gleichen Stelle eskalierte. Meine Ausreden nicht hinfahren zu müssen waren immer sehr glaubwürdig. Schließlich habe ich in meinem Beruf, für meine Tages- Abend und wochenendfüllende, verantwortungsvolle Arbeit, geackert wie eine Hafendirne. Von nix kommt nix. Das sahen sie wenigstens ein bisschen ein, die beiden Alten. Ach ja... Es ist so traurig weil unabänderlich. Ich kann sie nicht ändern. Leider. Ihre Herzen sind so verstopft. Weißt du mein Schöner, dass es mich regelrecht anwidert, wenn mir so viel Undankbarkeit und Egoismus unterkommt? Mein Mitleid, mein Verständnis, meine Toleranz sind hierbei aufs Höchste gefordert; also halte ich, in den letzten Jahren wenigstens, lieber geflissentlich meinen Mund und lasse sie weiterjammern und klagen. Sie ändern sich nicht mehr, aber das sagte ich ja schon. Oh... Sekunde bitte. Es hat an der Gegensprechanlage geschellt. Das ist vermutlich die Pförtnerei unten. Augenblick bitte... Ich bin gleich wieder bei dir. Ich laufe nur schnell nach runter um die Post zu holen."

„Kein Problem. Eile dich nicht. Ich habe Zeit. Außerdem verweile ich gerne bei dir. Es gefällt mir gut an der schönen Ostsee."

„Wem nicht? Bis gleich.

Im Lift begegnet mir eine ältere Dame die auf meiner Etage wohnt. Wir begrüßen uns mit der typischen Unverbindlichkeit zweier Menschen, die sich einander nichts bedeuten, und wünschen uns gegenseitig einen guten Tag. Sie ist von ihrem Duktus her immerzu niedergeschlagen und ernster Miene. Ich kenne sie nicht anders als so, wie beschrieben. Vor ein paar Monaten - drei oder vier, so genau weiß ich es nicht mehr, hatte ich ihr ein Buch geschenkt um sie etwas aufzumuntern. Das habe ich wirklich gerne getan, erhoffte ich mir doch sehr dass sie es lesen würde. Sie tut mir immer leid wenn ich sie sehe, obwohl mich ihr Gemütszustand nichts angeht.

Das Buch hieß: „Die Reise nach Hause", und ich halte es für das beste Buch das je geschrieben wurde. Ich klingelte einfach unangemeldet bei ihr und drückte es ihr in die Hand. Leider war sie sehr unangenehm von meinem Überfall berührt, und nahm, mein Geschenk, nur sehr widerwillig an, weil ich darauf bestand. Es täte ihr gut, behauptete ich und ging zurück in meine Wohnung. Ein paar Tage später klingelte es an meiner Tür. Ich muss zugeben, dass ich das auch nicht sonderlich schätze, obwohl ich, dafür, eine berechtigte Begründung an-führen kann, die jeder verstehen würde. Nicht umsonst, lebe ich hier in einem Haus mit einer kostspieligen Pförtnerei, mit einem Rundumschutz. Zu mir gelangt man eigentlich auch nur dann, wenn man sich ordnungsgemäß, vorher, beim Pförtner unten anmeldet. Ich sah also durch den Türspion und erkannte besagte Dame draußen stehen. Überrascht öffnete ich die Tür und sagte freundlich guten Tag. Ob sie nicht kurz reinkommen wollte, erkundigte ich mich. Sie lehnte freundlich aber sehr bestimmt ab. Sie sagte, dass sie mir nur das Buch zurückgeben wolle, weil es sie sehr belaste, dass es so teuer gewesen sei, und überhaupt täte sie sich sehr schwer damit ein Geschenk anzunehmen. Dummerweise ließ sich der Barcode auf der Rückseite nicht entfernen und ich hatte vergessen den Preis zu übermalen. Ich erzählte ihr, dass dies mein Lieblingsbuch sei, und ich - falls ich einmal ein unverhofftes Geschenk benötigen würde, immer zwei- drei Stück vorrätig zu Hause hätte, und ich ihr, dieses Buch, wirklich gerne schenken würde. Sie blieb bei ihrer Meinung dass sie es nicht annehmen wolle. Enttäuscht nahm ich das Buch wieder entgegen und verabschiedete sie knapp. Seitdem beschränken sich unsere Begegnungen – so wie gerade eben im Lift – nur noch auf die nötigste, höflich, unverbindliche Konversation des Grußes. Ich darf ihr ja leider nicht helfen sie aus ihrer tiefen, schlimmstenfalls völlig unbegründeten Depression herauszuholen. Sie lässt es leider nicht zu. Und ein bisschen beleidigt war ich auch, das gebe ich zu. Schließlich meinte ich es gut mit ihr.

Ich gehe schnell zum Pförtner und nehme ein kleines Päckchen entgegen. Er grinst schon. Bestimmt stellt man sich beim Sicherheitspersonal, schon lange die Frage, wo ich, in meiner kleinen Wohnung, all die vielen Bücher deponiere die mir so zugeschickt werden. Sollen sie ruhig grübeln. Ich werde einen Teufel tun mich bei ihnen zu rechtfertigen. Bücher sind nun einmal meine große Leidenschaft, und das ist doch immer noch besser als unnötige Klamotten zu ordern, die ich doch sowieso kaum anziehen würde, weil ich so gut wie nie rausgehe, und die dann, in meinem Kleiderschrank, ein sehr einsames Dasein fristen würden. Heute habe ich keine Zeit für einen kleinen Klönschnack mit dem Pförtner weil ja oben auf meinem Balkon mein Schöner auf mich wartet. Also bedanke ich mich kurz, nehme noch die Post aus dem Briefkasten, und eile schnell zurück.

„So... da bin ich wieder", keuche ich etwas außer Puste geraten. Ich lege meine Post unbeachtet vor mich auf den Tisch. Obenauf liegt ein besonderer Brief mit einem besonderen Absender. „Oh. Ein Brief von meiner Mama", sage ich überrascht und lege ihn wieder zurück auf den Stapel vor mir.

„Willst du ihn nicht lesen?", fragt der Schöne.

„Na gut. Von mir aus. Lese ich ihn eben." Schließlich soll der Schöne nicht denken ich hätte ein Geheimnis vor ihm. Ich öffne den Umschlag und erkenne sofort die krakelige Schrift von ihr, meiner lieben Mutter. Der knappe Brief ist schnell gelesen. Die üblichen, sich wiederholenden Klagen darüber, dass ich mich leider nicht angemessen um sie kümmern kann, weil ich so weit weg zu wohnen bevorzugte. Sie sagt es zwar nicht direkt, sondern immer nur unterschwellig, dafür jedoch unmissverständlich. Der alte Vorwurf, dass ich ihr vor einem halben Jahr, beim Aufräumen, eine Hose entsorgt hatte an der ihr so viel lag, stand auch wieder geschrieben.

„Was schreibt sie denn?", will der Schöne wissen.

„Meine Mama kann mich nicht leiden. Das ist ja nichts Brandneues. Lassen wir dieses Thema. Es ist nicht mehr so wichtig wie gestern noch. Nicht mehr. Etwas anderes lass dir erzählen: Eben, als ich nach unten eilte, ist mir im Lift meine Nachbarin begegnet. Gerade haben wir noch davon gesprochen dass die Menschheit zu wenig lächelt, und da läuft sie mir über den Weg. Sie ist in der Tat ein Paradebeispiel für eine unerklärliche-, von jeglichem Lächeln befreite, latente Depression. Ihr geht es, an und für sich, hier wirklich gut. Wer hier wohnen darf ist doch - für meinen Geschmack jedenfalls - irgendwie privilegiert und hat großes Glück im Leben. Sie, diese Frau, sie hat genügend an Auskommen-, keine existenziellen Sorgen und einen kleinen, netten Freundinnenkreis in dem sie sich bewegen kann. Trotzdem macht sie immer ein niedergeschlagenes, übellauniges Gesicht, und klagt über alles und jeden, falls man in die

Verlegenheit kommt ihr zuhören zu müssen. Ich verstehe das einfach nicht, mein Schöner. Ich hätte so gerne dazu beigetragen sie, diese Frau, von ihren unbegründeten, frei erfundenen Welt-Ängsten loszureißen. Sie hat immerzu und immerzu Ängste, verstehst du. Sie kann diese Ängste nicht einmal genau benennen. Sie sind einfach da, diese diffusen Ängste. Ich hätte sie zu gerne von der Angst vor der Angst befreit; sie ließ mich aber nicht an sich ran."

„Ja ich weiß. Ich habe deinen liebgemeinten Versuch beobachtet, als du ihr dein Buch überreicht hattest. Das war nett von dir, aber zum Scheitern verurteilt. Sie leidet nämlich gerne, musst du wissen."

„Du hast das gesehen? Das mit dem Buch, meine ich."

„Klar."

„Bist du denn oft bei mir? Man bemerkt es ja leider nicht."

„Ständig."

„Oh... Vielen Dank auch."

„Nichts zu danken. Mache ich gerne. Mittlerweile."

„Gerne... Apropos gerne. Du sagst, sie leidet gerne? Wo gibt`s denn sowas? Das habe ich ja noch nie gehört dass jemand *gerne* leidet. Das ist doch völlig irre, völlig absurd."

„Oh doch. Sogar viel öfter als du dir denken kannst, meine Liebe. Es gibt ganze Scharen von Menschen die können sich nur dann selbst spüren, wenn sie ordentlich und ausführlich leiden. Mit allem Drum und Dran, bis hin zur Todessehnsucht. Sie, diese Frau von der du sprichst, hätte auch die Option gehabt, ihre Depression hinter sich zu lassen. Sie bleibt aber uneinsichtig und stur. Sie lehnt kategorisch *alles* ab; das Schlechte wie das Gute. Aber mach´ dir keinen

Kopf darüber. Es ist nicht deine Aufgabe alle Menschen und die gesamte Welt zu retten. Mein Kollege ist schon unterwegs sie zu holen. Er hat noch etwas anderes zu erledigen und dann kommt er bei ihr vorbei und nimmst sie mit."

„Wie jetzt? Willst du damit sagen dass sie in Kürze sterben wird? So alt ist sie doch noch gar nicht. Höchstens siebzig. Körperlich fehlt ihr auch nichts Offensichtliches; sie geht jeden Tag zum Schwimmen hinunter, geht viel spazieren und einkaufen. Ich sehe sie doch oft genug. Es ist nur ihre Denkweise, ansonsten ist sie noch fast wie neu. Das könnt ihr doch nicht machen. Es ist noch zu früh."

„Doch doch. Ihre Zeit ist abgelaufen. Sie ist selbst schuld, weißt du. Sie hat sich nicht bemüht etwas zu ändern. Wir sind es leid, ihr ständig dabei zusehen zu müssen, wie sie, ihre Tristesse, zelebriert. Sie ist so lebensuntüchtig, dass sie bei uns besser aufgehoben ist. Sie spielte schon so oft mit dem Gedanken sich was anzutun, dass wir das aus purem Mitleid so entschieden haben. Es ist besser für sie, glaube mir."

„Na dann... Ich kann dich wohl kaum umstimmen, oder?"

„Nein. Das geht nicht. Nicht in ihrem Fall. Und überhaupt: Unsere *Beschlüsse*, sind nicht verhandelbar."

„In wessen Fall denn dann? Hat man überhaupt je die Möglichkeit mit euch zu verhandeln? Ein bisschen?"

Mit dieser Frage, die mir so rausgerutscht ist, handle ich mir einen ziemlich spöttischen Blick des erhabenen Schutzengels ein. Er sagt mit in Falten gelegter Stirn - halb ernst, halb amüsiert blickend:

„Und ob. Selbstverständlich. Fasse dich doch mal an deiner eigenen Nase, meine Liebe. Erinnerst du dich noch an deinen kleinen, netten, alarmierenden Herzinfarkt, denn wir dir beschert haben, als du gerade einmal Ende Dreißig gewesen bist?"

„Wie sollte ich das vergessen haben? Eine schöne Scheiße war das. Ich war gerade bis oben hin voll mit Arbeit, und dann lasse ich so mirnix dirnix plötzlich die Flügel hängen. Ihr wart das also. Daher weht der Wind. Vielen Dank auch. Zu freundlich. Echt."

„Was heißt denn hier: Zu freundlich? Es wäre doch zu deinem Besten gewesen, hättest du den Schuss vor den Bug nur richtig verstanden. Aber nein... Du hast - begriffsstutzig wie du damals eben warst, anschließend genauso weitergemacht wie vorher auch. Nichts hattest du kapiert, nichts gelernt. Nichts. Heute kann ich dir ja verraten dass du selbst lange genug auf unserer Rückholliste gestanden hast. Ziemlich weit oben sogar. Gott sei Dank hast du dann im letzten Moment doch noch die Kurve bekommen. Aber erst muss dich ein heftiges Burnout - wie man heute dazu sagt, sprichwörtlich in die Knie zwingen. Und noch etwas: Hättest du dein Geschäft vor kurzem nicht verkauft, und nicht aufgehört wie eine Besessene zu arbeiten, säßen wir jetzt nicht hier, Madam. Nur dass du es weißt. So... jetzt ist das auch mal gesagt. Das war mal nötig. Echt jetzt. Echt."

„Soll das etwa im Klartext heißen, dass *ich* an diesem bescheuerten Burnout, womöglich auch noch selber Schuld hatte? Im ernst jetzt?"

„Ja was glaubst du denn? Wer sollte denn sonst daran schuld sein? Wir bestimmt nicht. Wie denn? Deinen prallen Terminkalender den hast du hübsch selbst bis oben hin vollgefüllt.

„Mhm... Da ist was dran."

„Das will ich aber auch meinen. Schön dass du es endlich einsiehst."

„Hättest du ein Handy, mein Schöner, wäre das nicht passiert. Aber ihr redet ja nicht mit uns armen Menschen wenn wir euch denn mal dringend brauchen könnten. Nie sagt ihr was."

„Das fehlte mir gerade noch: Ein Handy. Ts, ts, ts... Du hast vielleicht Ideen. Mein lieber Schwan. Wenn das der „Herr" hört. Hör´ halt hin, Menschenskind. Soll heißen: Hättest du eine ausgeprägte-, gut geschulte Fähigkeit zur allheilenden Kontemplation, würdest du auch ab und an hören was ich dir zu sagen habe. Aber nein... Selbst jetzt, nach dieser verheerenden Niederlage, die aber *gut* für dich gewesen ist - was du leider immer noch nicht wirklich begreifst, bist du immer noch getrieben davon, ständig etwas tun zu müssen. Wenn ich dein armer, malträtierter Computer wäre, das darfst du ruhig glauben, ich würde dir die Zunge rausstrecken. Lass das arme Ding doch ab und zu mal in Ruhe. Du hast doch noch so viel Zeit vor dir. Hetz dich doch nicht immer so ab. Das ist ja fürchterlich. Denke doch mal in Ruhe nach."

„Das tue ich doch. Sitze ich etwa nicht hier mit dir und lasse Gott einen guten Mann sein? Hä... Tue ich das nicht? Mach´ mal halblang."

„Ja. Ich bin begeistert."

„Das will ich hoffen. Aber wie meinst du das, wenn du sagst dass ich noch so viel Zeit hätte? Heißt das etwa dass ich sehr alt werde? Kann ich-, darf ich das so in etwa verstehen?"

„So ist es. Aber behalte es bitte für dich. Eigentlich solltest du das überhaupt nicht wissen dürfen. Wenn mein Chef mitbekommt dass ich mich gerade verplappert habe, bekomme ich ordentlichen Ärger wegen dir. Also halte den Mund."

„Schon gut", grinse ich breit bis hinter die Ohren. „Aber nicht dass ich so ende wie viele Alten; dahinsiechend und auf fremde Hilfe angewiesen, meine ich. Dann will ich lieber nicht so alt werden. Das wäre eine Strafe für mich und kein Geschenk. Das dürft ihr getrost für euch behalten, dieses Geschenk."

„Eben sprachen wir noch über Undankbarkeit."

„Mann, bist du kleinlich heute. Ich bin nicht undankbar. Ganz und gar nicht. Ich wollte es nur mal gesagt haben. Kein Dahinsiechen. Also bitte."

„Um noch einmal auf das Thema mit deiner Nachbarin zurückzukommen: Du hast sicherlich schon mitbekommen, dass wir in diesem Jahr einiges an Menschen zu uns nach Hause holen, die sogar noch recht jung sind und sein werden. Auch einiges an Prominenz ist darunter; so wie kürzlich dieser begabte, sympathische Sänger mit der schönen Stimme."

„Ja. Habe ich. Wer nicht. War ja in allen Medien. Warum sagst du das? Warum tut ihr das?"

„Um euch, ihr Lieben, an die endliche Endlichkeit des Lebens zu erinnern, weil ihr Menschen das allzu gerne verdrängt und immer weiter sinnlose Besitztümer und Kapital hortet. Wenn wir bekannte Persönlichkeiten nach Hause holen, bleibt es in euren Köpfen besser haften. Das Jahr 2016 ist das Jahr des Todes. Das steht so in unserer himmlischen Agenda; war schon lange Zeit vorher beschlossen und verkündet. Vom Chef persönlich."

„Ihr haltet uns Menschen in einer solchen Kausalität für dumm, das schreit sprichwörtlich zum Himmel."

„Seid ihr es denn nicht?", grinst der Schöne frech.

„Das will ich dir sagen, mein Schöner: Sollte ich eines Tages dazu verdonnert werden Schutzengel zu werden, ich schwöre dir, dass ich nicht so überheblich sein werde. Ich nicht."

„Ja ja. Beschwere dich ruhig, meine Liebe. Das geht mir am linken Flügel vorbei. Wir werden ja sehen wenn es soweit ist. Menschen verändern sich, aber sie ändern sich nicht. Wenn du zum gefühlt hundertsten Mal ein Schäfchen vergeblich auf den rechten Weg schubsen wolltest, und es dann immer noch ganz fröhlich und munter aufs nächste Unglück zusteuert, wirst du deine Meinung schnell ändern. Manche Menschen sind hier oben bei uns einfach viel, viel besser aufgehoben. Und wie du bereits weißt, müssen die ganz besonders lernresistenten Exemplare von ihnen, immer wieder hinab zu Erde um noch eine weitere Lebens-Runde zu drehen, in der großen Hoffnung, dass sie es diesmal richtig-, diesmal gottgefällig halten. Und noch einmal auf das Todesjahr 2016 zu sprechen zu kommen: Was wäre dazu besser geeignet, dem Menschen die Endlichkeit hier auf der schönen Erde vor Augen zu führen, als der Mensch selbst. Hm...?"

Jetzt hätte ich natürlich zu gerne gewusst, ob mir das auch blühen würde – die Sache mit dieser widersprüchlichen Rückkehr, wagte aber nicht nachzufragen, weil der Schöne sich, in Bezug auf *meine* Lebenszeit, bereits unbeabsichtigt verplappert hatte. Dann war doch die Sache mit der Endlichkeit gar nicht so endlich. Dann diente sie doch nur der Schätzung-, der Dankbarkeit für das Leben als solches. Der Tod sollte uns nur daran erinnern alles zu würdigen was uns geschenkt worden war, hier, in diesem Leben wenn es „Jetzt" stattfindet. Ich wusste natürlich dass er, der Schöne, darüber keine genauen Auskünfte geben darf, also hielt ich meine Klappe. Ärger sollte er meinetwegen nicht bekommen, dafür liebe ich ihn zu sehr. Ich glaube auch nicht dass er mir verraten hätte was danach kommt; wenn unser Gastspiel auf Erden vorüber ist. Er würde es nicht sagen. Nein, das würde er nicht.

Wir hielten unsere Gesichter in die wärmende Sonne und schwiegen eine Weile. Während ich so meinen Gedanken über das Gesagte nachhing, hing meine Evidenz dem Gesagten – wie immer – etwas hinterher. Warum „Er" und seine Heerscharen gerade junge, bekannte und sehr beliebte Menschen in diesem Jahr nach Hause holten, wollte mir einfach nicht einleuchten. Das wir Menschen uns weigern würden, die Endlichkeit des irdischen Lebens zu begreifen, wollte ich im Grunde so nicht stehen lassen. Gab es nicht eine sehr große Anzahl derer, die die Endlichkeit des irdischen Lebens so derart vehement verinnerlichten, dass sie genau deswegen-, deshalb, aus diesem Grunde auf dem falschen Dampfer dahinsegelten? Die Fraktion derer, die ständig unbegründete, panische Angst vor dem Tod haben, die hatte der Schöne überhaupt nicht erwähnt. Ich selbst kenne eine Frau, die lebt tatsächlich so derart intensiv, als würde sie am nächsten Tag dahingerafft. Sie ist leichtsinnig mit ihren Ressourcen und gibt mit vollen Händen ihr Geld aus. Mir wurde immer angst und bange wenn ich ihr dabei zusehen musste. Schließich waren wir mal eng befreundet. Je mehr sie alles Geld zum Fenster hinauswarf, umso sparsamer wurde ich selbst; weshalb sie mich oft mitleidig belächelte.

Aber ich kann aus meiner Haut einfach nicht raus. Es geht nicht. Selbst wenn ich Milliardärin wäre, würde ich an meiner Lebensart nichts ändern. Ganz ehrlich: Ich will wirklich nicht im Geringsten angeben, aber von den vier Kardinaltugenden, beherrsche ich drei doch ganz vorzüglich. Ich bin tapfer; das habe ich wirklich beweisen. Mehr als dreizehn Jahre lang war ich mehr als nur tapfer. Ich war mutig. Jedermann der mich kennt muss das bestätigen. Heute, das gebe ich zu, hätte ich die Kraft dazu womöglich nicht mehr. Mäßigung ist meiner Ansicht nach nicht einmal eine echte Tugend; ich würde Mäßigung viel eher der Vernunft gleichsetzen. Mit Mäßigung habe ich nie im Leben ein Problem gehabt. Mäßigung ist eine Selbstverständlichkeit. Für mich jedenfalls, die ich Unmäßigkeit nicht wirklich nachvollziehen kann, weil sie immer schädliche Auswirkungen auf jedes Leben hat. Über Gerechtigkeit brauchen wir uns doch überhaupt nicht erst zu unterhalten. Ich setze sie grundsätzlich voraus. Hierbei, macht *mir* aber eine ganz, ganz andere Tugend einen gewaltigen Strich durch die Rechnung: Ich bin naiv. Naiv, weil ich glaube, Gerechtigkeit sei eine selbstverständliche Selbstverständlichkeit. So sieht es aus. In den dreizehn Jahren in denen mir so Unrecht getan wurde, musste ich einsehen, dass es diese Tugend-, diese Kardinalstugend eigentlich überhaupt nicht gibt. Derjenige, der die vier Kardinalstugenden vor langer Zeit aufgestellt und benannt hatte, der war auf dem rechten Auge blind. Er hätte sich die Tinte sparen können um dieses Wort zu notieren. Gerechtigkeit erfahren wir nur von einer einzigen Macht, wenn auch erst oft am Ende unseres Lebens. Ich behaupte -

und davon lasse ich mich auch von niemandem mehr abbringen, dass wir Menschen, wir, zur Gerechtigkeit einfach nicht fähig sind. Selbst nicht als Priester, Pfarrer oder Richter. Ein paar wenige Menschen versuchen Gerechtigkeit zu leben; ich denke dabei zum Beispiel an Dietrich Bonhoeffer, Oskar Schindler, Mutter Theresa und Ähnliche ihrer Art. In meinen Augen sind, selbst solche menschlich beispielhaften Menschen, nicht unbedingt immer gerecht. Aber sie sind so voller Liebe. Liebe außerhalb ihrer eigenen Person-, bereit sie zu geben und verschenken, diese schönste Form der Liebe; eingeflochten in ein mildes, freundliches Lächeln als Erkennungsmerkmal ihrer besonderen Fähigkeit. Deshalb sind sie, solche Menschen, für mich perfekte Menschen, so, wie „Er" sie haben will. Besser kann man nicht Mensch sein. Die Liebe schafft alleine die Voraussetzungen für die Verinnerlichung der vier angeführten Kardinalstugenden. Ohne Liebe kann man nicht gerecht sein. Wie soll ein Richter, vor dessen Richterpult ich kauere, mir gegenüber gerecht sein, wenn er mich nicht lieben kann, nur weil ich ein schöneres Plätzchen zum Leben habe als er selbst. Wer daran zweifeln sollte dass dies nicht der Fall sein könnte, weil es nicht sein darf, den muss ich eines Besseren belehren. Ich weiß wie es sich anfühlt wenn einem der beißende Neid entgegengeschleudert wird; bis hin zum Fehlurteil. Dass wie, weshalb und warum ich hier gelandet bin, das interessiert nämlich keine Laus. Aus purem Neid heraus, habe ich so viel Ungerechtigkeit erfahren müssen, es geht auf keine Kuhhaut. Ohne den unbeugsamen, den festen Glauben an mich selbst – an meine eigene, gefestigte Persönlichkeit, wäre ich schon längst zu einem kümmerlichen, kleinen Häufchen Elend verkommen. Vielleicht habe ich ja auch an „Ihn" geglaubt und wusste nichts davon. Möglich ist es. Und um auf die vier Kardinalstugenden zurückzukommen: Da gäbe es noch eine Letzte. Die verdammt Schwierigste für meinen Geschmack. Die Klugheit. Jawohl, die Klugheit des Erkennens, des Ermessens, der Einsicht und generell. In Ermangelung an eben dieser Klugheit ist mir schon so einiges in die Grütze gegangen. Sie ist der Grund dafür, dass ich *nicht* – dieses „nicht" ist aus einer ganz simplen, intuitiven Vernunft heraus entstanden – dass ich nicht mehr so oft in die Vergangenheit reise, weil ich mir sonst pausenlos die Haare raufen müsste, sähe ich doch meine eigene Dummheit und Unvernunft wieder vor mir, könnte aber im Nachhinein nichts mehr davon rückgängig machen. Also lasse ich es, so gut es eben geht, lieber bleiben. Ein paar kurze Abstecher hier und da, das lässt sich natürlich nicht vermeiden. Aber alles in allem, habe ich begriffen dass jeder überflüssige Blick zurück, mich nicht weiter vorwärts bringt. Ich versuche zu sein. Versuche „ich bin" zu werden, so gut es in meiner Macht steht. Ich versuche es.

Mein Schöner sitzt ruhig neben mir und döst in der Sonne. Er sieht aus als schliefe er einen leichten, gemütlichen Schlaf.
„Bis du eingeschlafen, mein Schöner?"
„Wie sollte ich einschlafen können wenn du andauernd so laut denkst? Dieser Denklärm ist kaum auszuhalten. Aber davon mal abgesehen, du bist schon auf dem richtigen Wege. Ich sagte bereits zu Anfang

unserer Unterhaltung, dass nur noch ein paar kleine Korrekturen hier, da und dort erforderlich sind. Das Schlimmste hast du bereits überstanden und hoffentlich viel daraus gelernt, und weißt jetzt, wie du es, in Zukunft, nicht mehr machen solltest."

„Wenn meine Art Unheil zu vermeiden, die Richtige für mich ist, dann wird sich an meiner Einsiedelei aber nicht viel ändern."

„Das liegt an dir, meine Liebe. Es steht dir frei eines Tages wieder zu vertrauen. Wenn du aber niemandem eine Chance einräumst es zu beweisen dass man es kann, dass es geht, dann hast du eben Pech gehabt. Wie gesagt: Es liegt an dir."

„Ja, ich weiß. Aber mein Herz ist so unbewohnbar wie die Dallol-Salzwüste in Äthiopien. Das kann man doch keinem Menschen mehr zumuten. Ich bin zwar nicht hartherzig wie meine Mutter, aber lieben kann ich die Menschen auch nicht mehr. Und bevor ich sie nicht mehr lieben kann meide ich sie lieber. Das ist für alle Beteiligten doch das Beste, findest du nicht? Auf diese Weise habe ich mich auch meiner Ängste entledigt. Ich gehe einfach kein Risiko mehr ein und fertig. Was spricht dagegen?"

„Nichts. Nichts spricht dagegen, meine Liebe. Solange du dabei glücklich bist, ist alles erlaubt was gefällt. So einfach ist das. Für dem Moment jedenfalls. Was später kommt wird sich finden."

„Was soll ich denn sonst machen? Soll ich Luminol trinken und warten bis ich leuchte? Vielleicht bin ich doch gar nicht zum Lieben bestimmt. Hast du deinen Chef schon mal danach überhaupt schon gefragt? Könnte doch sein. Wenn das meine Bestimmung ist, kann ich damit auch ganz gut leben."

„Jeder Mensch kann lieben und geliebt werden. Jeder. Sogar so ein vermaledeiter, elender, intoleranter ISIS-Krieger-Mordbube, auch wenn das kaum vorstellbar ist. Der kann es auch. Man muss ihn nur an der richtigen Stelle erwischen."

„Vielen Dank auch. Kein Bedarf. Aber ich kenne einen Mann, einen begnadeten Künstler, der schreibt wundervolle Bücher-, singt berührende Lieder die tief drinnen mein Herz erreichen."

„Was ist mit ihm?"

„Warte. Ich bin noch nicht fertig. Also: Dieser Künstler den ich meine, ist sehr gläubig. Was er singt und schreibt dreht sich ausschließlich um Gott und die Liebe, oder die Suche danach. Er ist dabei schon fast pathologisch Zugange. Um ihn mache ich mir manchmal wirklich Sorgen, weil er so hartnäckig sucht. Ich habe wirklich Angst um ihn, dass er nicht eines Tages enttäuscht sein wird, weil er nicht fand was er suchte. Er ist so unerschütterlich in seinem Glauben an die vollendete Liebe, dass es ihn tief treffen würde, bliebe er ohne gutes Ergebnis. In dem was er so aus vollem Herzen tut, steckt eine ganze Menge Risiko, wenn du verstehst was ich ausdrücken will."

„Ich verstehe was du damit sagen willst. Aber ich verstehe nicht, warum du dir Sorgen um ihn, diesen Künstler, machst. Denn sieh es mal so: Alleine die Suche als Solches, ist für ihn schon etwas, was ihn mit Sicherheit sehr glücklich macht. Der Weg ist das Ziel... Kennst du diesen Ausspruch nicht?"

„Ha, ha, ha, ha..." muss ich ganz herzlich lachen. Es tut mir fast schon leid, dass ich an dieser Stelle so herzhaft lachen muss. Deshalb stehe ich auf und gehe in mein kleines Büro. Dort, an meinem Schreibtisch, steht nämlich eine Karte, die besagter Künstler mir kürzlich geschenkt hat. Ich nehme die Karte mit nach draußen auf den Balkon und halte sie meinem Schönen, meinem Schutzengel, unter seine hübsche Nase.

„Was ist das?", will er wissen.

„Lies."

Der Schöne liest. Er liest noch einmal und noch ein drittes mal. Dann stimmt er in mein unhöfliches Lachen von eben mit ein und lacht, mit mir zusammen, aus vollem Herzen laut heraus. Wir sitzen am Tisch, sehen uns beide an, und lachen wie die Kinder bis uns die Tränen über die Gesichter laufen. Wir können uns kaum noch beruhigen. Unten, vorm Haupteingang des großen Hauses geht gerade eine kleine Gruppe von Leuten entlang, die von einem Spaziergang zurückkommen. Sie starren entsetzt zu uns auf den Balkon herauf. Grund Gütiger ist das peinlich. Der Schöne sieht erst die Leute unten an, dann mich. Jetzt flippt er völlig aus. Gleich wird er mir hier überschnappen, denke ich so bei mir. Was hat er nur. *Sooo* lustig ist das doch jetzt auch wieder nicht. Er klopft sich mit beiden Händen auf seine Oberschenkel, und schleudert seinen Kopf nach vorne, in Richtung seiner Knie, so, dass seine prachtvollen Haare nur so fliegen und schimmern. Er sieht mich wieder aus tränennassen Augen an, schüttelt sich, und bekommt erneut einen Lachanfall. Diesmal noch arger.

„Herrlich", sagt er. Einfach köstlich. Ich kann nicht mehr ich kann nicht mehr. Neee…"

„Na, so lustig finde ich den Text auf dieser Karte jetzt aber auch wieder nicht, dass man sich so derart ausgelassen gehen lassen kann", sage ich schon fast ein bisschen beleidigt.

„Neee...", sagt der Schöne und holt tief Luft. Seine Mundwinkel zucken immer noch verräterisch. „Das was auf der Karte steht ist *ein* Grund warum ich lachen musste, weil ich es doch eben selbst - allerdings in seiner ursprünglichen-, bekannten Fassung, gerade erwähnt hatte. Und dann kommst du und hältst mir diese göttliche, gelungene Karte unter die Nase. Volltreffer. Der Junge, dieser Künstler, der hat es wirklich drauf. Er hat den absoluten Durchblick. Wirklich. Das meine ich ganz im ernst. Ohne Spaß. Konfuzius könnte sich eine große Scheibe von ihm abschneiden. „Ist der Weg das Ziel, oder ist das Ziel im Weg" ist absolut genial festgestellt-, infrage gestellt und richtig erkannt. Dein Künstler ist ein Genie, meine Liebe. Richte ihm das von mir aus wenn du ihn das nächste Mal siehst. Aber warum ich eben so derart die Fassung verloren habe, hatte einen ganz, ganz anderen Grund."

„Und der wäre?"

„Diese Leute dort unten-, die, die immer noch völlig entsetzt zu uns heraufstarren..."

Der Schöne fängt erneut an laut zu lachen. Ich fasse mich staunend in geduldige Geduld und lasse mich von ihm beinahe anstecken. Außer dass die Leute dort unten immer noch heraufglotzen, kann ich aber nichts Außergewöhnliches an ihnen feststellen. Endlich beruhigt sich der Schöne wieder und sagt:

„Ich könnte mich wirklich beeumeln, meine Liebe. Ist dir überhaupt nicht klar, dass diese Leute dort unten, *mich* überhaupt nicht sehen können?"

„Ach du Scheiße", rutscht es mir heraus. „Nein. Natürlich nicht. Daran hätte ich im Traum nicht gedacht. Ich wusste ja nicht..."

„Doch, doch, doch. So ist es. Nur du kannst mich sehen. Das ist natürlich Absicht. Es ist so gewollt. So, halten wir es immer wenn wir uns sichtbar machen und zeigen. Wir sind nur für denjenigen sichtbar, den wir explizit aufsuchen. Meine Güte, ist das lustig. Ich könnte mich totlachen, wenn das ginge. Dieses köstliche, kleine Episödchen muss ich beim nächsten Meeting unbedingt zum Besten geben, mit Verlaub."

„Mach dich ruhig lustig auf meine Kosten, maule ich konsterniert. „Wenn gleich der Rettungswagen mit Blaulicht vorfährt, dann weiß du dass es aber dreizehn schlägt, mein Freund. Und du bist schuld. Weißt du was eine Zwangsjacke ist?"

„Ach was soll's. Peinlich hin oder her. Ist doch egal was die anderen von dir denken. Mach´ doch kein so beleidigtes Gesicht. So ein bisschen blamieren... Davon stirbt man schon nicht. Was hast du? Musst du mal aufs stille Örtchen, oder warum bläst du die Backen so auf? Du bist ganz rot im Gesicht. Alles o.k. mit dir? Geht es dir gut?"

„Ich versuche nicht zu lachen, Menschenskind", sage ich mit angehaltenem Atem.

„Hast du mich gerade *Menschenskind* genannt?"

Danach ist alles zu spät. Das Gelächter geht von vorne los. Ich rechne mit dem Schlimmsten und lausche ob schon ein Tatütataa... zu hören ist. Es bleibt still. Glück gehabt.

Einsicht

„Wenn du dich heute selbst porträtieren müsstest, mein Liebe", sinniert der Schöne plötzlich in die - nach unserer Lachsalve wieder eingekehrte Stille, hinein. „Wie würdest du dich beschreiben?"
Ich sehe ihn, den Schönen, nachdenklich an und sage: „Darauf habe ich die ganze Zeit gewartet, dass du mir diese Frage stellen würdest. Du kannst mir nicht weismachen dass du einfach nur so, mal eben vorbeigekommen bist. Du hast entweder einen Auftrag, oder ein unangenehmes Ereignis im Gepäck auf das du mich vorbereiten willst. So nach dem Motto: Halte die Augen auf und nutze deine Lebenserfahrung, indem du genau hinsiehst. Zeig` mal was du gelernt hast. Stimmt`s? Ich vermute, du wirst bei eurem nächsten Meeting einen Bericht abliefern müssen; so eine Art Rezension über mich, die ich, unter deiner Obhut stehe. Eine Art Beurteilung, durch die man zu erkennen vermag, ob deine Arbeit, in Bezug auf mich, erfolgreich gewesen ist. Richtig?"
„Jooa… So in etwa könnte man es nennen. Damit liegst du gar nicht so falsch. Aber für eine *endgültige* Rezension ist es immer noch viel zu früh. Es ist eher eine *kleine* Rezension; eine Art Zwischenbericht, ja. Das hast du gut erkannt. Das ist schon mal gut. Es beweist mir dass du genauer hinsiehst, weil du viel gelernt hast in deiner Vergangenheit."
„Was sichtbar ist zählt", sage ich ohne zu überlegen wie aus der Pistole geschossen.
„Wie meinst du das? Erkläre es mir."
„So wie ich es sage, mein Schöner. Nimm dich doch als Beispiel, liebster Schutzengel. „Was schätzt du

denn wie oft ich dich wahrnehme, während ich, so angestrengt damit beschäftigt bin, zu leben? Hhm...? Du brauchst mir keine Antwort zu geben, ich will es dir verraten. Die Antwort wird dich vielleicht etwas kränken, aber ich will ganz ehrlich zu dir sein. Ich nehme dich nämlich überhaupt nicht wahr. So sieht das aus. Ich bin mir ganz sicher dass ich, mit dieser Blindheit, nicht alleine dastehe. Es geht vielen so."

„Das ist sehr schade. So gar nicht...? Kein Bisschen? Das hätte ich nicht vermutet."

„Naja, so ganz gar nicht ist vielleicht etwas zu krass ausgedrückt. Ich weiß schon dass es dich gibt. Und wenn *du* nicht ganz taub bist, hörst du auch dass ich in meinen Gebeten immer an dich denke und dich dankend erwähne. Das ändert aber leider nichts an der Tatsache, dass ich am nächsten Morgen wieder aufstehe, und du, bist aus meinem Gedächtnis wieder herausgerutscht. Mir ergeht es wie den allermeisten Menschen: Ich schreie immer nur dann lauthals, hilfesuchend nach dir, wenn ich wieder einmal mit dem Rücken fest zur Wand stehe, und weder vorwärts noch rückwärtsgehen kann. Das mag dir zwar etwas undankbar erscheinen, aber das ist es nicht. Wir Menschen sind halt so. Jedenfalls die meisten von uns. Ich glaube nicht einmal dass es um die ganz besonders Frommen unserer Gattung, in Bezug auf euch, besser bestellt ist. Sie tun manchmal auch nur fromm, sind es aber, längst nicht so wie sie vorgeben es zu sein. Ich bin ihnen gegenüber lieber sehr vorsichtig und skeptisch. Und vor der sogenannten Gutmenschen-Gattung nehme ich mich sogar noch mehr in Acht. Denen vertraue ich gleich gar nicht."

„Warum nicht? Sie haben doch nur Gutes im Sinn."

„Jaja, bla, bla. Wer`s glaubt. Einige von ihnen sind so sehr darum bemüht ihr Gutmenschentum öffentlich zu propagieren, um damit möglichst berühmt zu werden, in den Vordergrund zu treten, dass sie dafür alles tun würden, sogar Gutes. Ihnen gegenüber behalte ich mir eine gewisse Ambivalenz vor. Trau, schau, wem. Ich will damit aber nicht sagen dass es keine Gutmenschen gibt, nein. Aber die wirklich Guten, die tun Gutes im Stillen. Sie machen darum nicht so ein großes Buhei, verstehst du?"

„Ja, ich weiß was du damit meinst. Aber kommen wir wieder zu deinem Selbst-Porträt zurück. Wie siehst *du* dich als Mensch. Bist du gut, mittelmäßig, so la la oder schlecht? Wo siehst du dich?"

„Die Selbsterkennung ist so eine Sache. Man nimmt sich selbst ganz anders wahr als es die lieben Mitmenschen tun. Ich bin nicht schlecht, das ist alles was zählt. Für mich jedenfalls. Ich bin aber auch kein Gutmensch. Es wäre mir suspekt würde ich das von mir glauben. Alles was dazwischen liegt hat so viele-, so unendliche viele Facetten, das viel Spielraum für eine wage Kategorisierung bleibt. Ich glaube, niemand sieht den Anderen wirklich, nimmt ihn wahr, fühlt mit ihm und sorgt sich. Und hier... genau hier, sehe ich meine beste Charaktereigenschaft überhaupt: Ich höre zu. Wenn mir jemand etwas zu sagen hat, oder mir sein Leid klagt, dann höre ich zu. Ratschläge zu geben steht mir nicht zu, das weiß ich, dazu habe ich kein Recht. Ich bin nicht autorisiert. Aber ich kann behilflich dabei sein verschiedene Wege und Sichtweisen vor Augen zu führen. Oftmals reicht alleine zuhören schon aus, und die Menschen die zu mir kommen, sind anschließend sehr erleichtert. Drei Ehen, die auseinanderzubrechen drohten, konnte ich alleine damit im Bestand halten. Und eine Frau, die sich ständig selbst nach dem eigenen Leben trachtete, konnte ich von dieser dummen Idee abbringen. Das ist doch schon mal was, nicht wahr? Das macht sich doch ganz gut in meiner Bilanz, findest du nicht? Das macht sich gut."

„Das stimmt. Es ist besser als nichts. Ich weiß auch dass du eine gute Beraterin bist. Das warst du schon immer, auch ohne dein privates Psychologiestudium. Dieses Studium war nur das Tüpfelchen auf dem „i." Es hat dir, in dieser Phase in der du gewesen bist, selbst sehr gut getan. Warum machst du nichts daraus? Du müsstest doch nur noch einen Zulassungsschein beantragen und dann könntest du damit arbeiten. Warum tust du es nicht?"

„Grund Gütiger, nein. Das war nie meine Absicht. Ich habe dieses Studium eigens deswegen absolviert, damit, *ich mich* selbst, endlich einmal kennenlernen konnte. Wenn ich mal sterbe will ich wissen wer ich mal war. Mehr nicht. Ich möchte nicht mit Menschen arbeiten. Ich will meine heilige Ruhe haben."

„Du fühlst manchmal in Rätseln, meine Liebe. Bist du denn nun zu Einsichten gelangt die dir weiterhelfen? Bist du in deiner Entwicklung so weit fortgeschritten, gediehen, dass du dich jetzt selbst erkennst? Hat es dich weitergebracht, dieses Studium?"

„Oh ja. Und ob. Ich habe lange Zeit selbst nicht gewusst wie ich mich einschätzen soll. Jemand hat – das ist schon etwas länger her, einmal zu mir gesagt: „Wenn du ganz unten bist, steht dir die Welt offen." Damals habe ich das nicht verstanden, weil ich jeden Tag mit meinem Peiniger zu kämpfen hatte, der sich, wie du ja weißt, in den Kopf gesetzt hatte, mich zu vernichten, weil er, vorher, bevor er das nicht erfolgreich erledigt hätte, keine Ruhe finden könnte, wie er damals beim Auszug aus unserer Wohnung sagte. Wenn ich mir seine profane Aussage heute so ins Gedächtnis hole, dann muss ich schon sagen: Das war ganz schön harter, böser Tobak. In diesen wenigen Worten steckte so viel Wucht, dass sie mir heute noch, nach fast drei Jahren in denen endlich Ruhe herrscht, fast noch mehr Angst machen als damals. Ohne dieses Psychologiestudium hätte ich nicht mehr gewusst mit dieser Angst umzugehen. Sie hat mich zerquetscht; mir die Luft zum Atmen genommen, mich ganz klein gemacht. Vor lauter Angst und Panik, war ich natürlich nicht dazu in der Lage, das Gute im Schlechten zu erkennen. Abends bin ich benebelt vor Angst in mein fast unbenutztes Bett gegangen um nicht zu schlafen, und Morgens bin ich, benebelt vor Erschöpfung, wegen unzähliger, schlafloser Nächte, in mein kleines Geschäft getorkelt und habe nur noch innig gebetet, dass dieser Tag ohne schlimmes Ereignis vorbeigehen möge. Zu lernen mit Angst umzugehen, ist eine richtige Ochsentour. Wie hätte ich ahnen können dass dein Chef mich in eine ganz bestimmte Richtung schubst, weil „Er" mich genau dort haben will, wenn keiner von euch mit mir ein Wort redet? Warum zeigt ihr euch nicht wenn man euch so dringend braucht? Warum kommt ihr erst immer hinterher angeschissen, und prahlt stolz damit, dass ihr, uns, wieder mal den Arsch gerettet habt? Warum? Ihr seid doch Schutzengel, verdammt. Die Betonung liegt doch hier ganz eindeutig auf... auf Schutz-Engel, und nicht auf Hinterher-Schutzengel.

69

Entschuldige bitte vielmals, mein Schöner, wenn ich gerade so abscheulich vulgär geworden bin, aber wenn ich daran zurückdenke, bringt es mich immer noch auf die Palme. Ist doch auch wahr."

Der Schöne sieht mich an und grinst bis hinter die Ohren. Mein Ausbruch schein ihn zu amüsieren. Ich möchte ihn jetzt gerne ein bisschen verhauen, weil er so unverschämt-, ja fast schon spöttisch grinst. Warum tut er das? Man könnte glauben er sei stolz darauf, dass er, maßgeblich daran beteiligt gewesen war, mich, über einen so derart abartig, langen Zeitraum hinweg, leiden gelassen zu haben.

„Ich bin nicht stolz drauf. Da liegst du völlig falsch", sagt er plötzlich.

„Was?"

„Ich sagte, dass ich ni..."

„Schon klar, schon klar", unterbreche ich den Schönen, und mir geht wieder einmal ein helles Licht auf, dass er doch meine Gedanken hören kann. Das vergesse ich leider immer wieder während der Unterhaltung mit ihm. Jede Wette dass ich es gleich schon wieder vergesse, kaum dass ich diesen Gedanken zu Ende gedacht habe. Es ist aber auch zu schwierig sich andauernd selbst daran zu erinnern.

„Tut mir leid, mein Schöner. Mir ist bewusst dass du eine Order-, einen Auftrag von „Ihm" hast, und „Sein" Gehilfe bist. Es ist nicht so gemeint wenn ich hier so herummotze. Aber wenn du schon mal da bist, nutze ich die Gelegenheit natürlich auch schamlos aus, eine Beschwerde zu äußern. Ich will versuchen wieder sachlich zu bleiben. Kommen wir also wieder zurück zu meiner Beurteilung aus meiner eigenen Sicht. Leider habe ich vorher *noch* eine kleine Beschwerde im Petto, weil ich, der von „Ihm" angeordneten Gesellschaftsordnung - „Seiner" Verfügung, auf den Leim gegangen bin. Vielmehr, meine Mutter ist es gewesen die mich dahingehend, sehr beeinflusst, intensiv manipuliert hat. Sie war diejenige, die mich in Partnerschaften gedrängt hat, weil *sie* sich einbildete, unbedingt einen Schwiegersohn und einen Stall voll Enkelkinder haben zu müssen, weil alle so leben. Was würden auch die Leute sagen, wenn die Tochter keinen Mann an ihrer Seite hätte? So eine Übriggebliebene die keiner haben will. Schreckliche Vorstellung für jemanden (Mutter) der so einfach im Gemüt ist. Nix zum Prahlen und angeben vor den Nachbarn. Frau Soundsos Tochter hat es nicht einmal zu einer Familie gebracht, man stelle sich das mal vor. Ein Skandal. Undenkbar. Auf dem pladden Land macht so etwas die Runde, so schnell zählt man nicht auf Drei. Meine Mutter wollte auf der Stelle im Erdboden versinken, als ich einmal so ganz lapidar erwähnte, dass ich, am liebsten, auf einer einsamen Insel leben würde. Ohne die Spezies meiner Artgenossen; ganz alleine, nur für mich."

„Niemand ist eine Insel, meine Liebe. Auch du nicht. Und wenn es nur ein Schutzengel ist – meine Wenigkeit in diesem Falle - so brauchst auch du, ab und an, ein Ohr das dir zuhört und dich reflektiert. Eine einsame Insel ist keine gute Idee. Du hast dich ja auch nicht von der Welt abgekoppelt, sondern nur zurückgezogen. So, wie du es dir früher immer gewünscht hattest. Du hast aus deiner kleinen Wohnung selbst eine Insel kreiert. Und diesmal - also vor vielen Jahren meine ich, hat der Chef eben durchgreifen müssen, dass du endlich kapierst, dass du es auch darfst.

Das du „sein" Einverständnis dafür hast. Dass du dafür bestimmt bist, alleine bleiben zu dürfen."

„Zu gütig. Vielen Dank dafür. Aber dieser ganze Mist wäre erst gar nicht entstanden, wenn „Er" nicht dafür gesorgt hätte, dass irgend so ein schreibender Dödel, im Buch der Bücher, dieses unselige, veraltete Kapitel niedergeschrieben hätte."

„Welches meinst du?"

„Tu doch nicht so scheinheilig unwissend als wenn du nicht genau wüsstest was ich damit meine. Ich weiß dass du es weißt."

„Ich will es aber aus deinem Munde hören, meine Liebe, nicht dass wir uns missverstehen."

„Soll das ein Test sein ob ich bibelfest bin? Das ist doch zu albern. Ich kann doch trotzdem nach den göttlichen Geboten leben, *ohne* dass ich dieses Buch, oder eines einer anderen Religion, je auch nur je einmal in der Hand hatte. Und das will ich dir sagen: Dieses dämliche Kapitel gehört rausgestrichen, weil es nicht mehr in die heutige Zeit hineinpasst. Überhaupt: Die gute, alte Bibel könnte etwas Renovatione gut vertragen, wenn du mich fragst. Aber bitteschön. Ich tue dir den Gefallen:

„Und Gott der HERR sprach: Es ist nicht gut, dass der Mensch allein sei; ich will ihm eine Gehilfin (?) machen, die um ihn (?) sei. Denn als Gott der HERR gemacht hatte von der Erde allerlei Tiere auf dem Felde und allerlei Vögel unter dem Himmel, brachte er sie zu dem Menschen, dass er sähe, wie er sie nennte; denn der wie Mensch allerlei lebendige Tiere nennen würde, so sollten sie heißen...."

„Erstes Buch Mose. Genau. Erstes Buch Mose, glaube ich jedenfalls. Soll ich weiter zitieren, oder reicht das dem Herrn Schutzengel als Beweis aus? Bist du jetzt zufrieden? Bist du?"

„Donnerwetter. Du machst mich erstaunt. Das hätte ich nicht besser gekonnt. Alle Achtung. Kompliment, meine Liebe. Trotz zynischer Fragezeichen."

„Jaja. Schon gut", grinse ich über seine Aufmerksamkeit. „Trag` mal nicht so dick auf. Am Ende glaube ich das auch noch und bilde mir etwas drauf ein. Aber sei doch mal ehrlich: Das ist doch vielleicht eine Scheiße dass da geschrieben steht, dass der Mensch nicht alleine bleiben soll. Die heutige Statistik erzählt uns was ganz anderes. Werweißwieviele Menschen leben heutzutage als Single, glücklich und zufrieden vor sich hin. Sieh mich an. Mir geht es zum ersten Mal im Leben wirklich richtig gut. Ich bin zum ersten Mal im Leben wirklich glücklich, seit ich *nicht* mehr auf meine liebe, besorgte Mutter höre, die mich immer noch zu gerne unter die Haube bringen würde. Sie gibt einfach nicht auf. Sie nervt. Sie nimmt diesen Bibelspruch für bare Münze, und will ihn, Wort für Wort, in die Tat ungesetzt sehen. Von *mir?*"

„Dann richte deiner Mutter von mir aus, dass *du* die Erlaubnis von höchster Stelle hast; ja sogar eigens dorthin geschubst wurdest, schmerzvoll geschubst wurdest, so zu leben wie es für dich am besten ist. Deine Mutter versteht leider die Metaphern nicht die in der Bibel verborgen sind. Und du verstehst es gerade auch nicht. So ist es nämlich nicht gemeint."

„Wie denn?"

„Allein allein sein, ist immer noch ein himmelgroßer Unterschied, als würde man sagen: Alleine sein. Verstehst du was ich meine, was ich dir klar machen will? Menschen brauchen einander."

„Kein Wort."

„Stell dir mal vor, du Dummerchen, du wärst mutter-
selen-alleine auf dieser großen, weiten, schönen
Welt. Ist das nicht eine schreckliche Vorstellung?"

„Mhm... Manchmal wünschte ich mir das. Aber ich
weiß jetzt was du meinst: Es heiß also nicht zwingend, dass ich mir unbedingt einen Kerl an den Hals
binden muss der sowieso nicht zu mir passt, und
weil die Gesellschaft es so erwartet, dass man zwingend in einer Partnerschaft lebt, sondern es heißt:
Dass „Er" uns, weil „Er" uns so liebt, zur Zerstreuung
ein paar Artgenossen zur Seite gestellt hat. Richtig?"

„Naja. Ich lasse es mal so gelten. Ein soziales Leben
als *Zer*-streuung zu bezeichnen, ist schon ein bisschen Gewöhnungsbedürftig und weit hergeholt. Eines hast du aber noch vergessen, meine Liebe..."

„Ich ahne was jetzt kommt."

„Na?"

„Die Sache mit der Vermehrung. Darauf wolltest du
doch hinaus. Hab´ ich recht oder hab´ ich Recht?"

„So ist es. Was sein muss, muss sein. Sonst hätte „Er"
sich, die ganze Mühe mit der Welterschaffung, doch
komplett sparen können, nicht wahr."

„Phä... Dafür hätte es ganz sicher auch eine andere
Lösung gegeben. Von mir aus hätte „Er" es so anord-
nen können, dass man auf diese Turnübungen komplett verzichten kann. Lassen wir die Vermehrung
einfach mal außen vor; reden wir vom Vergnügen,
welches dieser Fortpflanzungsarie immerzu angedichtet wird. Ich kann bis heute keins erkennen. Vergnügen, meine ich. Deshalb gab es doch immer nur
unnötigen Stress. Ein Bekannter von mir, ein Künstler, ein echt ausgezeichneter Buchautor und Musiker,

bezeichnete diesen Konfliktstoff sehr treffend als: „Die vier Quadratmeter Jazz." Er hat den Nagel auf den Kopf getroffen, wenn du mich fragst."

Wenn dieses süffisante Grinsen des Schönen, jetzt nicht einen Hauch von Anzüglichkeit innehat, dann habe ich vermutlich dicke Tomaten auf den Augen.

„Es liegt nur an dir selbst, wenn du, an Lust, keine Freude empfinden kannst. Bleibe bitte fair", glaubt der Schöne mich belehren zu müssen, weil er gut Reden hat. *Er* muss ja nicht müssen.

„Das kannst du mir aber nicht unterstellen", reagiere ich etwas zickig über. Ich möchte nicht dass der Schöne von mir denkt, ich sei so eine vertrocknete, frustrierte, alte Schachtel, jenseits von Gut und Böse.

„Nicht Mangel an Lust, wie du mir hier gerade unterstellst, hat mir diese Art dieser Begegnung vergällt, sondern die Art und Weise. Die Einforderungen die damit verbunden sind-, die mangelhafte Ausführung, die Eile. Und, das will ich an dieser Stelle mal anbringen, mal loswerden: „Er", der gütige große Imperator im Himmel, hat nämlich bei allen seinen gut gemeinten Bemühungen eine Kleinigkeit vergessen..."

„Jetzt bin ich aber gespannt, sagt der Schöne, und rutscht auf seinem Sessel ganz nach vorne auf die Kante. Er sieht mir interessiert in die Augen.

„Jawohl", sage ich in Rage geraten. „Er" hat nämlich vergessen jedem geschlechtsreifen Exemplar, zum richtigen Zeitpunkt, eine sehr ausführliche Betriebsanleitung über den sensiblen, empfindsamen, weiblichen Körper in die Hand zu drücken. Und stattdessen, hat „Er" dem Manne, wenn es zum Äußersten kommt, das Gehirn eines Kaninchens verpasst. So sieht es nämlich aus, mein Schöner. Ich will wirklich nicht kausal über das männliche Geschlecht herziehen, wirklich nicht. Aber hier liegt doch so einiges im Argen. Da kann einem schon mal die Sache mit der Lust vergehen, nicht wahr?

„So so. Interessant. Ich notiere mir deine Beschwerde für die nächste Sitzung als Tagesordnungspunkt. Versprechen kann ich dir nichts, aber ich werde es dem „Herrn" mal vortragen."

„Mach dich ruhig lustig über mich. Ich mache mit dir gerne eine Wette: Ihr macht eine großangelegte, empirische Umfrage in den Köpfen der Frauen weltweit, und wenn weniger als die Hälfte von ihnen so denkt wie ich, sehe ich reumütig den Fehler auf meiner Seite ein. Vorher nicht. Vorher bleibe ich bei meiner Meinung, einen Mangel in der Schöpfungsgeschichte, entdeckt zu haben. Und diejenigen, (die wenigen) die mit uns Frauen ordentlich etwas anzufangen wissen, und sich dafür auch entsprechend Zeit nehmen auf die Bedürfnisse ihrer Frauen einzugehen, (ich grinse innerlich über den bevorstehenden Misserfolg seitens des göttlichen Komitees) denen soll Ehre gebühren. Damit wär ich sogar einverstanden. Sie sollen ihre Befriedigung auch bekommen; so oft sie mögen. (Was habe ich da bloß angezettelt?).

„Ich tue was ich kann, versprechen kann ich nichts", sagt der Schöne etwas eingeschüchtert.

Sieht ganz so aus als sähe er bereits jetzt schon ein, dass er, sich hier, ein wenig zu weit aus dem Fenster lehnt. In seinem schönen Kopf rattert es.

„Nun gut", lenke ich ein. „Lassen wir das Thema. Mein ganz persönliches Lieblingsthema ist es jedenfalls nicht. Kommen wir lieber wieder zurück zu den Einsichten die ich, in Bezug auf mich selbst, gewonnen habe, *nachdem* „Er", mich, so schmerzvoll für mich selbst, endlich dort hat, wo „Er" mich schon immer haben wollte. Im Nachhinein sehe ich meine Erfüllung ganz klar vor Augen, ja. Aber hinterher ist man ja immer klüger. Abschließend will ich nur noch betonen, dass ich gerne, auf diese Art von Lebenserfahrung, verzichtet hätte. Mir fehlen fast dreizehn Jahre Lebensqualität. Ein schöner Mist ist das."

„Nein", sagt der Schöne mit ernster Miene. „Du siehst es falsch. Falle nicht wieder in deine alte Denkweise zurück, meine Liebe. Du... *du* bist über dich hinausgewachsen und zu innerer Größe herangereift. Davon können die meisten Menschen nur träumen wenn sie weiterhin, so gänzlich *ohne* gravierend schlechte Erfahrungen, einfach nur so durchs Leben torkeln ohne hohe Berge besteigen zu müssen; nur essen, trinken, sich vermehren und schlafen, ohne hinter die Dinge zu blicken, und so, auf diese Art und Weise, das Wesentliche, das Leben, regelrecht verpassen. Sie haben allesamt eine vereinfachte Wahrnehmung und eingeschränkte Erkenntnis. Wie sollen sie Gutes schätzen, wenn sie Schlechtes nicht erfahren mussten? Wie sollen sie Empathie entwickeln? Wie sollen sie wahre Werte leben? Wie sollen sie auf ihrer oberflächlichen, seichten Lebensart in einen Sinn ihres Daseins gelangen? Alleine nur für den Fortbestand der Menschheit zu sorgen reicht nicht aus. Das gelingt auch ohne Liebe und Empathie. Du hingegen bist sehr empfindlich und sensibel geworden. Du gehst der Sache auf den Grund, siehst nicht nur die Mängel, sondern auch die schönen – die kleinen Dinge, in denen so viel Erfüllung steckt, so viel Wert. Dein Bekannter hat es gut erkannt als er sagte, dass demjenigen die Welt offen stünde, der einmal ganz unten gewesen ist. Da ist wahrhaft was dran. Du weißt heute alles viel besser zu schätzen was dir widerfährt, was dir zufällt. Die Wertschätzung ist eine tragende Säule in jedermanns Leben."

„Schon. Da magst du auch ein Stückweit Recht haben, mein Schöner. Aber glaubst du wirklich nicht, dass es auch ohne die göttliche Guillotine vonstattengegangen wäre, die mir erst einmal das alte Haupt vom Rumpf geköpft hat? Ginge es nicht auch sanfter?"

„Nein. Wäre ginge nicht. Erkenntnisse, Wertschätzungen und Einsichten stellen sich nicht von alleine ein wenn alles ganz glatt läuft. Dazu bedarf es dieser besonderen, schmerzvollen, unbeliebten Maßnahmen. Der Schöpfer macht denjenigen leiden den er leiden kann. So steht es geschrieben."

Wir, der Schöne und ich, halten wieder unsere, von der angeregten Unterhaltung erhitzen Gesichter in die wärmende Sonne und schweigen eine angenehme, stille Weile.

Reue

„Gibt es in deinem Leben eigentlich etwas, was du wirklich von Herzen ganz bitter bereust?", fragt der Schöne in die wohltuende stille Stille hinein. Er verändert seine Haltung während seiner Frage nicht, sondern hält immer noch sein Gesicht in die Sonne und döst vor sich hin. Ich linse ihn mit einem halbgeöffneten Auge von der Seite an, und betrachte seine Schönheit unbemerkt. Seit zwei Minuten fühlte ich eine Frage auf mich zukommen, so, als ob ich, seine Grübeleien, laut und deutlich in meinem Kopf gehört hätte. Einen winzigen Augenblick bin ich stolz auf meine Intuition, die sich, endlich wieder eingefunden hat. Sie ist wieder an Bord stelle ich fest; heimgekehrt nach sehr, sehr, sehr langer Abwesenheit im Nirgendwo. Sie, meine untreue Intuition, war auf großer, weiter Reise gewesen. Meine Intuition und hatte mich einfach im Stich gelassen.

„Meinst du etwas ganz Bestimmtes, oder einfach nur so?"

„Einfach nur so. Allgemein."

„Willst du wissen ob ich etwas bereue was ich getan habe, oder etwas, was ich *nicht* getan habe?"

„Zum Beispiel."

„Was denn nun? Getan oder nicht getan?"

„Ist egal. Fang´ einfach irgendwo an."

„Oh ja...: Zwei Dinge fallen mir auf Anhieb ein, die ich heute noch bitter - wie du es nennst, und wirklich zutiefst bereue. Es vergeht kaum ein Tag an dem ich mich nicht aufrichtig und voller Reue, bei diesen beiden wundervollen Kreaturen, entschuldige und um großzügige Vergebung bitte."

„Das klingt dramatisch."

„Ist es auch. Und wie. Ich bin damals ein schlechter Mensch gewesen, weißt du. Achtlos und ohne jegliches Verantwortungsgefühl."

„Dann erzähle mal. Du machst mich neugierig."

„Na gut. Ich will dir den Gefallen tun, obwohl es mir sehr schwerfällt darüber zu reden. So viel Verantwortungslosigkeit im Nachhinein in Worte zu fassen ist kein Spaziergang. Es tut immer noch ziemlich weh. Also: Wie du ja weißt, habe ich im zarten Alter von achtzehn Jahren das erste Mal geheiratet. Ich habe mir den erstbesten Mann geschnappt, von dem ich annahm, ihn lieben zu können, und machte zu Hause die Biege vor den Zugriffen meiner Mutter. Alles, wirklich alles hätte ich dafür getan, nur um von meinen beiden Alten möglichst weit wegzukommen, weil sie mich, tagein- tagaus, mit ihrer Kritik und ihren hohen Erwartungshaltungen überzogen. Damals konnte man als Frau noch nicht auf einer Bohrinsel oder auf einem Schiff anheuern um Männerarbeit zu verrichten. Mit meiner Berufswahl, die unbedingt in einer Männerdomäne sein sollte, stand ich noch ganz hübsch auf verlorenem Posten. Emanzipation war noch nicht. Eine Frau auf dem Bau…? Oh nein. Die macht doch nur Ärger, und eine extra Toilette muss man auch für sie anschaffen. Als Alternative bot sich eine Eheschließung an. In dem Alter-, mit dem schmalen Reifegrad, eine ziemlich dumme Entscheidung wie sich schnell herausstellte. Ich habe also diesen Mann im Galopp geheiratet, und wohnte mit ihm, vorerst noch, im Elternhaus. Von da an lag ich ihm in den Ohren dass ich auf ein Pferd gespart hätte, und die baldige Anschaffung in Sicht sei, weil ich trotz Ausbildung, immer schon, nebenher eine Menge Geld verdient habe. Für nichts war ich mir zu schade, auch nicht für eine Spülküche in der es fünf Mark die Stunde zu verdienen gab. Zunächst stieß mein Wunsch auf Ablehnung. Da man mich aber – weil ich eigenes Geld hatte - nicht subventionieren musste, setzte ich meinen Willen durch. Meinem Göttergatten blieb nichts weiter übrig, als für mich-, zusammen mit dem Mann meiner Mutter, im Garten des Elternhauses, einen Stall mit zwei Boxen zu bauen. Deshalb zwei Boxen, weil mir von vornherein klar war, dass mein Herr Gemahl auch irgendwann angeschissen käme, und ein eigenes Pferd besitzen wollte. Und so war es dann auch. Er lernte so lala reiten und schaffte sich einen eigenen Gaul an. An und für sich eine gute Grundlage für eine funktionierende Beziehung, so ein gemeinsames Hobby. Aber nicht, wen daraus plötzlich ein unvorhergesehener Wettbewerb wird, der es dann prompt wurde. Wenn Eheleute einander übertrumpfen wollen ist die Sache sofort zum Scheitern verurteilt. Und wenn die Ehefrau - trotz Ausbildung in der sie sich noch befindet, mehr Geld verdient als der Mann, stehen die Aktien äußerst schlecht. Und weil ich schon immer, auch damals nicht, sehr viel übrig hatte für die berühmten „vier Quadratmeter Jazz", war das Abseitsspiel meines Herrn Gemahls, quasi vorprogrammiert. Ausgehungert sprang mein Angetrauter, schon sehr bald, mit einer Anderen in die Kissen. Zuerst bemerkte ich es überhaupt nicht, beschäftigt wie ich war. Aber als wir anfingen ein Haus für uns zu bauen, und er immer öfter mit Anwesenheit glänzte, bin ich ihm eines Tages, stutzig geworden, mal hinterhergefahren mit meinem alten, rappeligen Käfer, und habe höchst persönlich überprüft, wohin ihn denn sein angeblich so wichtiger Termin, führen würde. Volltreffer! Eine Stewardess aus unserem Reit-Verein erwies ihm die Gunst. Als er, der untreue Gatte, später, völlig erschöpft in der Nacht nach Hause kam, habe ich es ihm auf den Kopf zugesagt *wo* er gewesen ist. Eifersucht habe ich nicht verspürt, nur Enttäuschung. Die Würfel waren gespielt und gefallen. Die Scheidung musste her. So jemanden wollte ich nicht an meiner Seite haben. Mitten in der Rohbauphase-, und gegen seinen Willen, reichte ich besagte Scheidung ein. Nun hatte ich auch noch meine lieben Alten gegen mich. Sie unterstellten mir Wankelmütigkeit und glaubten ihrem Schwiegersohn, jedes gelogene Wort, dass er sich nichts habe zu Schulden kommen lassen. Er habe nur einen geschäftlichen Besuch abgehalten und besagter Dame eine Versicherung verkaufen wollen. Mehr sei da nicht gewesen, log er frech weiter. Die Niederlage war auf meiner Seite zu suchen. Ich bot meiner Mutter an, sie solle doch mich gegen ihn - ihren geliebten Schwiegersohn, einfach eintauschen; ich würde das Feld räumen und gehen. Das wollte sie dann doch nicht; der Leute wegen. Also beschlossen meine Alten ihr ärmliches, renovierungsbedürftiges Haus zu verkaufen, und mit mir zusammen, eine durchgehende Trennwand in den angefangenen Bau einzuziehen. Jetzt konnte jeder von uns eine Hälfte des großen Hauses bewohnen. Fehler Nummer zwei. Nun stand ich da mit einem halben Haus-, einem so gut wie geschiedenen, dagegen ankämpfenden Ehemann, verärgerten Eltern und einem tobenden Pferd, das sich, zu Recht, stark vernachlässigt fühlte. Und hier liegt mein schlimmstes Vergehen, mein Schöner. Das hätte ich nicht tun dürfen. So nicht."

„Ich verstehe nicht ganz..."

„Doch. Du wirst es gleich verstehen. Es ist ganz einfach. Ich habe mich nicht mehr um mein Pferd gekümmert, weil ich zunächst zusehen musste wie ich die finanzielle Seite-, ohne das Zubrot meines Ehemanns, alleine wuppen konnte. Tag und Nacht habe ich geschuftet und neben meiner Ausbildung Geld herangeschafft. Ich habe schwarzgearbeitet dass die Schwarte krachte. Auf meinem Schreibtisch lagen mehr Bauanträge die ich erstellen sollte, als in einem mittelgroßen Architekturbüro. Und mein Pferd weinte nach mir. Jeden Tag. Bis zu dem Tag als ich es verkaufen musste, weil mir die Schulden über den Kopf wuchsen. Ich war nicht einmal anwesend als mein treuer Begleiter abgeholt wurde; so herzlos war ich damals. Ich habe einfach die Augen davor verschlossen, wie weh es mir tat, mich trennen zu müssen. Wie weh es mir tat, weil *ich,* schändlich mit dieser Kreatur umgegangen war. So, als ob man etwas auslöschen könnte, sähe man bloß nicht hin. Ich höre heute noch das verzweifelte wiehern. Kannst du dir das vorstellen? Wenn ich doch nur mit Gewissheit wüsste, ob ich auf Vergebung dieser armen Kreaturen hoffen dürfte und könnte, mir fiele ein Stein vom Herzen. Ich weiß nicht einmal - bis heute nicht, ob es ihm, nach dem Verkauf, gut ergangen ist, weil ich damals nicht nachfragte. Ich schäme mich zutiefst dafür", gestand ich dem Schönen mit tränennassen Augen und zog leise eine Rotznase hoch. Der Schöne saß immer noch in gleicher Position und rührte sich nicht. Auf ein tröstendes Wort konnte ich wohl lange warten. Wahrscheinlich soll ich weiterreden, wenn er schon nichts dazu zu sagen hat.

„Es kommt noch schlimmer", setze ich schniefend fort. „Weil ich so großes Mitleid mit dem Hund eines Drogensüchtigen hatte, habe ich ihm das Tier für kleines Geld abgekauft und mit nach Hause genommen. Damals fuhr ich einen kleinen, gelben Mini, weil mein Käfer wegen Altersschwäche das Zeitliche gesegnet hatte und fast schon auseinander fiel. Der arme Kerl, dieser Drogensüchtige, hatte mir natürlich nicht gesagt, um welche Rasse genau, es sich bei dem Hund handelte. Und ich Dumpfbacke habe mich auch nicht ausführlich erkundigt. Das Tier war, wie sich schon bald herausstellte, eine reinrassige deutsche Dogge. Blau im Fell und wunderschön. Wunderschön groß. Aus meinem Mini musste ich bald schon den Beifahrersitz ausbauen lassen, damit er - der anfangs niedliche, kleine Hund, mich auch überallhin begleiten konnte. Ein großer Kerl war er geworden. Ich nahm ihn überall mit hin, sogar auf die Baustellen und in das Büro in dem ich damals arbeitete. Mein Diplom kam ja erst viel später. Ich verdiente jetzt richtiges Geld neben meinen schwarzen Nebeneinkünften. Es ergab sich dann, dass sich zu den beiden Jobs die ich schon hatte, noch ein Dritter auftat. Ich konnte an Wochenenden auf Messen richtig gutes Geld dazuverdienen. Geld, das ich so dringend brauchte um den Kredit des Hauses zu bedienen, das aber immer noch nicht vollständig fertig war. Damals wohnte ich in Gartenmöbeln und einem Polsterbett auf blankem Estrich ohne Belag. Außer einer Küche die mitfinanziert war, sah es mau aus mit einer vernünftigen Möblierung. Das wertvollste was ich damals besaß, war eine riesengroße Zeichenmaschine von Kuhlmann. Mein ganzer Stolz. Ich nahm also das Angebot auf Messen zu arbeiten an, und ward fortan an Wochenenden nicht mehr zu Hause gesehen. Der Mann meiner Mutter ging mit dem Riesenhund spazieren und fütterte ihn. Ich sah ihn nur noch spät am Abend in der Woche, wenn ich von meiner regulären Arbeit nach Hause kam. Die restliche Zeit fristete er ein jämmerliches Dasein im Keller des Hauses. Seine Trauer, auf meine Gesellschaft und liebende Fürsorge verzichten zu müssen, machte ihm so derart zu schaffen, dass er ein Herzleiden bekam, und ich ihn mit jungen viereinhalb Jahren, einschläfern lassen musste. Ich begleitete ihn in den Tod hinüber; das mindeste was ich noch für ihn tun konnte. Aber glaube mir, mein Schöner: Dieses Gesicht-, diese Augen die mich so anklagten, die werde ich meiner Lebtag nicht mehr vergessen. Ich bin so ein schlechter Mensch. Ich bin Dreck, ich bin ein schlechter Mensch von vorne bis hinten, von oben bis unten."

Nun flossen die Tränen ungehemmt und es war mir egal. Die Reue übermannte mich und ich ließ es geschehen. Wenn er doch nur endlich einen Ton sagen würde, der Schöne. Irgendetwas. Ein Wort nur. Ein Wort des Trostes oder der Anklage; es wäre mir wirklich schnuppe was von Beidem, Hauptsache ein Wort. Irgendeins. Aber er schwieg beharrlich einfach weiter. Aus purer Verlegenheit stand ich auf, und ging in meine Wohnung hinein, um mir die Nase zu putzen und das verheulte Gesicht abzuwaschen. Insgeheim hoffe ich sogar, der Schöne wäre einfach verschwunden, wenn ich gleich wieder auf den Balkon hinausgehen würde. Er saß aber immer noch dort und hielt sein Gesicht in die Sonne. Ich nahm wieder Platz und räusperte auffällig.

„Geht's wieder?", stellte der Schöne seine simple, erlösende Frage. Ein tiefes Durchatmen sauste durch meine schmerzende Lunge. (Ich Räuspre mich erneut, diesmal aus Verlegenheit).

„Nein. Es geht nicht. Es tut so weh. Mein Gewissen plagt mich so sehr. Immer noch. Die Scham ist überwältigend", gestand ich frei heraus.

„Ja", bestätigte der Schöne was ich nicht hören wollte. „Das solltest du auch. Bereuen und schämen, meine ich. Das war - wie ihr Menschen immer so treffend dazu sagt: Voll Scheiße. Richtig übel, gar nicht gut, sündhaft und ekelhaft. Aber...: Wenn ich jetzt richtig rechne, liegt das alles, summa summarum, so um die achtunddreißig Jahre zurück, stimmt das?"

„Kommt hin."

„Und du quälst dich immer noch damit herum?"

„So ist es."

„Wie oft hast du denn schon bei Pferd und Hund um Vergebung gebeten?"

„Beinahe täglich."

„Seit über achtunddreißig Jahren beinahe täglich?"

„Mhm... Genau."

„Glaubst du denn, dass diese beiden Kreaturen, dich jemals geliebt hatten?"

„Schon. Ja. Natürlich. Sicher. Sehr sogar. Wir hatten viel Spaß und Schmusestunden zusammen."

„Na also..."

„Was, na also...?"

„Wenn du jemanden liebst, meine Liebe... Und der jemand etwas so richtig verbockt. So richtig, mit allen Zick und Zack, meine ich. So wie du es verbockt hast, echt verbockt hast, kannst du demjenigen dann trotzdem verzeihen, oder kannst du nicht?"

„Natürlich kann ich demjenigen verzeihen. Ich liebe ihn doch schließlich, nicht wahr? Dann vergibt sich's leicht wenn man liebt."

„Na also."

Ich brauche noch einen Moment bis der Groschen fällt. Dann endlich verstehe ich was er, der Schöne, mir damit sagen möchte. Jetzt krame ich doch mein Taschentuch aus meiner Hosentasche hervor, das ich mir eben, als ich drinnen war, vorsichtshalber und in weiser Voraussicht, schon eingesteckt hatte. Bis dato war mir überhaupt nicht bewusst, wie schön und wie gut es sich anfühlt, wenn einem alles vergeben wird. Einfach so. Nur weil man es bitter bereut was man getan hat, wird man so reich beschenkt. Ein unglaubliches Gefühl der Erleichterung. Es geht mir schon viel besser. Deutlich besser. Ich bin mir auch plötzlich absolut sicher, dass ich eines Tages, meine Tiere wiedersehen werde. Sie warten irgendwo... auf mich. Ganz bestimmt, sie warten. Es geht ihnen gut dort wo sie sind.

„Schöner...?"

„Mhm...?"

„Danke."

Trauer

Die schweren Aggregate eines Schiffsmotors schlagen dumpf, im gleichmäßigen Takt, ihre Kraft. Ein Geräusch dass ich sehr liebe, weil es mich beruhigt. Die Huckleberry Finn, dieser alte Zossen, gleitet langsam und majestätisch über die Trave in Richtung Skandinavien Kai, um ihre Ladung zu löschen, und neue aufzunehmen. Die Fähre hat um ganze zwanzig Minuten Verspätung, stelle ich beim Blick auf meine Armbanduhr fest. Der Fähre ist das leidlich egal. Unruhe deshalb, befällt nur die Menschen die auf ihr reisen. Ihr Rhythmus ist es, der nun durcheinander gerät. Sie werden in Gedanken dem Kapitän Vorwürfe machen, weil sie die Schuld bei ihm sehen, nicht aber an den Wind denken, der, je nach Belieben, Richtung und Kraft verändert. Der arme Kapitän hat darauf keinen Einfluss; er muss sich führen lassen, weil er die starken, leistungswilligen Aggregate nicht überfordern darf, sonst gehen sie kaputt. Das Risiko wäre zu groß, und er, der Kapitän, hat auch Vorschriften zu beachten, die er, über einen gewissen Ermessensspielraum hinaus, nicht missachten *darf.* Ich überlege, ob es nicht vielleicht sogar für uns Menschen manchmal besser wäre, wenn wir *keine* Wahl hätten, und uns, einfach führen lassen müssten-, uns beugen müssten, so wie sich der Kapitän den Elementen beugen muss, und auch nicht ganz einfach unter Volldampf durch die Gewässer preschen kann, weil es nicht gutgehen würde. Ich sehe diese dahingleitende, große Fähre jetzt nur noch von ihrer schmalen Rückseite, dem Bug. Gleich wird sie im Hafenbecken eine vorsichtige Wende machen und sich in die richtige Position bringen. Und plötzlich bekommt sie etwas Menschliches. Vor meinem geistigen Auge tauchen große Bagger auf, die das Erz aus der Erde bergen-, es auf riesige Lastwagen verladen, die ihre Fracht in eine raffinierte Trennanlage verbringen, um sie für die Eisenhütte vorzubereiten, die aus dem Rohstoff Erz, den begehrten Stahl gewinnt, welcher wiederum Voraussetzung ist, um diesen schwimmenden Koloss überhaupt erst erbauen zu können. Ich stelle mir die vielen Menschen vor, die aus Millionen von einzelnen-, durchdachten, vorbestimmten, unabänderlichen Schritten, und unzähligen Einzelteilen, Hand in Hand arbeiten müssen, um ein einziges Schiff-, ein großes Ganzes, herzustellen-, zu erschaffen, zu gebären. Und alle haben sie den gleichen Wert vor „Ihm", diese unterschiedlichen Menschen; unterschiedlich in Hautfarbe und Nationalität, unterschiedlich in Gesinnung und Ideologie. Ob ein Bergbauarbeiter im fernen China, der sich im Schweiße seines Angesichts-, im tiefsten Dreck sein Brot verdient, oder der uniformierte Kapitän aus Großbritannien, der am Ende, stolz über die Wasser steuert; ganz egal. Sie alle, sind absolut gleichwertig. Auch wenn der kluge Schiffsbauingenieur das mit Sicherheit ganz anders sehen mag, es stellt ihn gleich; ob er will oder nicht. Ohne den Bergbauarbeiter würden seine Entwurfskünste in irgendeiner dunklen Schublade vor sich hin verrotten. Sie alle, die diesem stolzen Koloss Leben eingehaucht haben, sind ein Teil des großen Ganzen. Meine Güte, überlege ich weiter: Es ist so simpel-, so einfach, so leicht verständlich. Warum kann man dieses Prinzip nicht in die Köpfe der Menschheit einpflanzen; als Grundausstattung sozusagen. Als fundierte, von Gott gegebene Basis-Denkweise, für jedermann unumgänglich, weil sie einfach da ist, diese Basis-Denkweise. Vielleicht ein Gen, welches jeder von Geburt an in sich tragen *muss*. Ein Friedens-Gen. Ich bin von meiner Idee ganz begeistert und würde dem Schönen gerne diesen Vorschlag unterbreiten. Aber er rührt sich nicht und ich will ihn nicht stören. Am Ende schläft er tatsächlich. Ob ich ihn wecken sollte?

„Nette Idee. Aber leider ist es dafür zu spät.", sagt er und erschreckt mich mit dieser Bemerkung aus meinen Gedanken auf. Ich befand mich wohl in einer gewissen inneren Kontemplation, welche der Schöne vorhin, bei mir, so bemängelt hatte, als er meinte, dass ich sie nicht beherrschen würde.

„Was...? Aber ich habe doch überhaupt nichts gesagt. Ach ja, schon gut. Ich verstehe. Ich vergesse es immer wieder. Verflixt aber auch."

„Reingelegt!"

„Ja ja. Schon gut. Ich kapiere es einfach nicht. Und wenn doch, dann vergesse ich es sofort wieder. Aber du brauchst dir darauf gar nichts einzubilden, mein Schöner. Diese Fähigkeit Gedanken zu hören, die dürftest du mir schenken; ich wollte sie nicht haben, weil sie mich um den Verstand bringen würde. Im Großen und Ganzen, interes... (räuspern...)."

„Ha, haaa... Erwischt, erwischt, erwischt, was? Wolltest du gerade sagen dass dich, im Großen und Ganzen, die Gedanken anderer Menschen nicht interessieren? Ja? War es das, was du sagen wolltest? „Ihm" aber einen klugscheißerischen Vorwurf machen wollen, dass „Er", mein gütiger Chef, die Menschen mit Mängeln ausgestattet hat, was? Du hast ja vielleicht

Nerven, meine Liebe. Nerven wie breite Nudeln. Junge, Junge... Du bist ein ganz besonderer-, ein ganz spezieller Fall aber auch."

„Jetzt krieg dich bloß wieder ein. Was ist denn an meinen Gedanken so verkehrt? Könnte es nicht sein, dass „Er" die ein- oder andere seiner Erschaffungen bereut und sich selbst einen klitzekleinen Fehler eingesteht? Ist doch möglich, oder? Zur Reue wird „Er" doch auch in der Lage sein, oder nicht?"

„Nein... Ist er nicht. Er ist über alles erhaben und fertig. Aus, Basta, Amen."

„Auch nicht über eine *winzige* Fehlkonstruktion?"

„Auch darüber nicht. „Er" bereut nichts was er getan hat, weil „Er" mit Reue nichts-, rein gar nichts an der Vergangenheit ändern könnte. Oder soll der Film nochmal rückwärts laufen? Sollen wir noch einmal ganz von vorne beginnen? Willst du noch einmal auf die Welt kommen und von vorne alles durchleben müssen, was du bisher ganz gut gemeistert hast, obwohl es teilweise wirklich, wirklich sehr grenzwertig gewesen ist? Willst du das? Willst du das wirklich?"

„Bloß nicht. Alles, aber das nicht, nein."

„Na bitte. Da haben wir es doch. Von deiner Sorte gibt es Scharen. Nur wenige würden auf dieses Angebot zugreifen. Die, die den Tod vor Augen haben sicherlich. Sie sähen eine Chance ihr Leben noch einmal zu leben; nicht sterben zu müssen. Die wenigsten freuen sich auf ihre letzte Reise weil sie unwissend sind. Und wie sollte es deiner Meinung nach jetzt weitergehen? Rückwärts ändern geht nun mal nicht. Vorwärts ändern würde bedeuten, dass schon wieder neue Minderheiten geschaffen würden, eine Elite. Die Mängelfreien. Zuerst am Anfang der Umstellung, später am Ende, entstünde unweigerliche eine neue Minderheit. Das würde nicht und nimmer funktionieren, weil man die Menschen nicht voneinander trennen könnte. Die neuen Menschen müssten in einem Getto leben, weil die alten-, die Mangelhaften, sie, die Neuen, nicht verstehen würden und umgekehrt. Lass stecken, meine Liebe. Das ist eine nette Idee, mehr aber auch nicht. Und „Er" muss auch nicht bereuen. Jemand der dazu in der Lage ist, *eure* Sünden voller Gnade zu vergeben, und euch allen, eimerweisen Trost zu spenden, hat schließlich alle Freiheit zu tun was ihm beliebt. Stimmt's oder habe ich Recht? Nun sag' schon..."

„Von mir aus. Von mir aus sehe ich das auch noch ein, ja. Man kann's ja mal versuchen. Einen Versuch war es wert. Punkt. Hab' dich nicht so."

„Was bereust *du* denn so alles? Erzähle mir was du bereust. Es würde mich viel eher interessieren als deine absurden Ideen. Erzähle mir aber auch bitte gleich dazu, was dir diese Reue einbringen würde, ja. Was würde sie denn ändern an der Vergangenheit? Was? Schieß los. Lass dich hier jetzt nicht hängen. Dazu hast du überhaupt keinen Grund, meine Liebe."

„Boah, du nervst, mein Schöner. Das ist eine Scheißfrage, nur das du es weißt. Wenn ich aufzählen soll was ich alles bereue, dann sitzen wir in vier Wochen noch hier."

„Ich hoffe du hast genug zu essen im Haus."

„Wie bitte? Ich dachte das Thema Reue hätten wir ausführlich besprochen. Warum fängst du jetzt wieder davon an?"

„*Ich* habe nicht angefangen. Das warst *du*. Nun werde aber mal nicht komisch. Bleibe bei den Fakten."

„Ach so, ja. Stimmt. Ich habe angefangen, stimmt ja. Sorry. Wenn ich es mir recht überlege, dann hätte ich an Stelle von Reue auch ein anderes Wort dafür verwenden können-, sollen, müssen."

„Nämlich?"

„Trauer. Traurigkeit. Anstatt etwas zu bereuen, macht es wohl mehr Sinn wenn man über etwas sehr traurig ist, weil man es, selbstverschuldet vergeigt hat. Ja. Trauer trifft es besser. Man kann sie leichter abarbeiten und unbelasteter wieder nach vorne blicken, weil man an Trauer nicht so schwer trägt wie an Reue. Mit Reue ist doch automatisch Fehlerhaftes oder gar eine Sünde verbunden, nicht wahr?"

„Aha... Du hast gelernt. Es freut mich zu hören dass du den Unterschied erkannt hast. Der Unterschied ist nämlich ganz immens. Und jetzt hast du vielleicht endlich auch eine kleine Vorstellung davon, wie es unserem „Herrn" ergeht, wenn er auf euch herabblickt. „Er" ist nämlich saumäßig traurig darüber, was ihr, mit eurem freien Willen, so alles anrichtet. Verstehst du es jetzt besser, nachdem du vom heiligen Baum der Erkenntnis genascht hast? Du hast dich ganz hübsch strecken müssen, was? Erkenntnisse fallen nicht vom Himmel. Man muss sie sich erarbeiten. Hart erarbeiten. Jetzt siehst du´s."

„Schon gut. Ich hab´s ja kapiert."

„Apropos Trauer... Was oder wen betrauerst du? Was macht dich besonders traurig? Ich will es aus deinem Munde hören."

„Die gleichen Dinge wie „Ihn", würde ich mal behaupten. Ganz genau die gleichen Dinge. Und was mich persönlich betrifft, so sieht die Welt jetzt schon viel besser aus, wenn ich damit aufhören darf zu bereuen. Jetzt, wo ich von dir weiß dass mein Pferd und mein Hund mir vergeben haben, fühle ich mich wirklich sehr erleichtert. Jetzt bin ich höchstens noch ein bisschen traurig; aber das vergeht wohl im Laufe der Zeit. Mit Reue im Gepäck hatte die Zeit keine Chance alle Wunden zu heilen. Mit Trauer geht es. Das sehe ich ein. Aber natürlich auch nur dann, wenn ich irgendwann, diese Trauer loslasse. So viel habe ich vom Leben schon verstanden. Ich muss loslassen. Schon klar. Das predige ich selbst denjenigen, die zu mir kommen, um ihre Herzen bei mir auszuschütten. Neunmalklug wie ich bin-, wenn auch gut gemeint, weil ich doch nur helfen möchte."

„Deine Trauer ist so übermächtig, meine Liebe, dass du gerne weiter versuchen kannst von meiner Frage abzulenken. Es wird dir nicht gelingen. Ich vergesse nie etwas wenn ich etwas hören will. Also rede endlich Klartext, und nicht um den heißen Brei."

„Habe ich schon gesagt dass du nervst?"

„Yes."

„Du weiß auch, dass du ein sturer Schutzengel bist, ja? Weißt du das?"

„Yes."

„Ich gebe mich geschlagen. Na gut. Hör zu: „Wie du ja weißt, habe ich leider sehr, sehr spät - *zu* spät für mein Bedürfnis - erfahren, wer mein leiblicher Vater gewesen ist. Ich habe ihn aber gekannt, musst du wissen. Wenn ich mich recht erinnere, war ich ungefähr so zwölf Jahre alt, als er, an einer plötzlichen Krankheit verstarb. Ich habe bis dahin auch seine Liebe gespürt und genossen, wusste aber als Kind nicht, *warum* er mich so sehr liebte. Ich wusste nur dass wir uns nahe stehen; ich fühlte es einfach. Und an dem Tag als ich, zusammen mit meiner Mutter und ihrem Mann, meinen Vater ins Krankenhaus gefahren hatten, saß ich hinten bei ihm auf dem Rücksitz des Wagens. Er hatte die ganze Zeit den Arm um mich gelegt. Das weiß ich noch wie heute. Wir schwiegen. Niemand sagte etwas. Die Stimmung war beklemmend, und der Hass in den Augen des Mannes, der meine Mutter seine Frau nannte, der war wirklich unübersehbar, selbst für mich als Kind. Am Ziel angekommen, stieg mein Vater aus dem Wagen aus, um in die Klinik zu gehen. Er sagte nicht Auf Wiedersehen, sondern sah mich nur lange an bevor er sich umdrehte, um durch das große, schwarze Gittertor hineinzugehen. Er trug einen langen, braunen Ledermantel, und hatte in einer Hand eine Tasche, in der seine Sachen für den Aufenthalt drin waren. Er drehte sich nicht mehr zu mir um. Ich sah nur die Rückseite dieses Mantels. Ich sehe ihn noch heute vor mir. Wie hätte ich ahnen können, *wer* dort auf das große, schwarze Gittertor zugeht, und dahinter, für immer verschwindet? Für immer, hörst du? Er kam nie mehr zurück. Als hätte ich es gefühlt, war ich an diesem Tag sehr, sehr traurig und schweigsam. Es war Sommer, die Sonne schien heiß auf das dunkle Autodach und ich fror. Das war auch schon alles. Ich kann mich nur noch daran erinnern, wie plötzlich dieser Sarg vor unserem alten Haus stand, und wo, an welcher Stelle er anschließend beerdigt wurde. Das Grab würde ich heute noch finden wenn es noch existierte. Das tut es aber nicht. An dieser Stelle liegt heute jemand anderer begraben. Ich war vor ein paar Jahren dort und habe es nachgeprüft. Was ich aber einfach nicht vergessen kann, mein

Schöner, ist die Rückseite des brauen, langen Leder-
mantels, der mit dem Saum über den Rücksitz streif-
te, als er ausstieg um wortlos zu gehen. Wer es gewesen ist weiß ich nicht mehr, aber irgendjemand
hat einmal zu mir gesagt, wenn sich ein Mensch auf
diese Art und Weise aus deinem Leben entfernt-,
ohne Abschied, und nur mit der Rückseite die er dir
zeigt, dann hat derjenige dich vergessen und nie
wirklich geliebt. Du siehst ihn nie mehr wieder; auch
nicht im Himmel. (Aus einer einzelnen Träne ist zwischenzeitlich ein Rinnsal geworden, das mir übers
Gesicht läuft). Woher derjenige sein Wissen hatte,
kann ich dir leider nicht sagen, mein Schöner. Aber
ich nahm es bis zum heutigen Tag als bare Münze. Es
macht mir sehr zu schaffen, weiß du? Deshalb bin ich
sehr, sehr traurig; ich habe ihn doch geliebt. Ich ver-
misse ihn, jetzt, heute, wo ich weiß wer er war."
Der Schöne hält wieder sein Gesicht in die Sonne,
und gibt keinen Mucks von sich; tut schlafend.
„Hörst du mir überhaupt noch zu? Warum sagst du
denn nichts?"
„Ich höre jedes Wort, meine Liebe. Keine Angst. Ich
höre jedes Wort. Ich überlege nur, wie ich dir am
besten klarmachen kann, dass dieser ominöse „Jemand", der dir diesen Unfug - von wegen vergessen
haben und nie mehr wiedersehen, erzählt hat, dass
dieser „Jemand" ein unwissender Idiot gewesen ist,
sonst hätte er nicht einen solchen Käse verzapft."
„Heißt das, er hat gelogen...? Wirklich jetzt?"
„Gelogen wäre stark untertrieben. Der- oder diejenige, muss jemand gewesen sein, der sich zwar mit
Esoterik beschäftigt hat, aber nur Bahnhof, Abfahrt
und Koffer klauen verstand. So, wie man es dir er-

zählt hat, meine Liebe, ist es nicht nur falsch, es ist auch fatal wie du siehst. Seit mehr als siebenundvierzig Jahren lebt eine Trauer in deiner Seele, die völlig falsch und unnötig gewesen ist. Da könnte ich aus der Haut fahren, wenn ich eine hätte. Wie kann ein Mensch nur so verantwortungslos sein, nur, weil er, seinen wertlosen Wissensmüll nicht für sich behalten kann. Etwas Dämlicheres habe ich lange nicht gehört. Es macht mich richtig wütend. Wenn ich könnte wie ich wollte, würde ich dem spirituellen Gesindel gerne mal die geldgierigen Mäuler stopfen. Sie richten damit mehr Schaden an und bringen die Menschen, die sich ihnen für teures Geld anvertrauen, in gefährliche Hoffnungen ebenso, wie in deinem Falle, in eine verheerende Hoffnungslosigkeit, die ein ganzes Leben prägen kann. Kurzum: Es stimmt nicht was du mir eben erzählst hast. Ich weiß es besser als jeder andere, glaube mir. Ich kann es dir beweisen. Auf der Stelle und sofort."

„Wie willst du das denn machen?"

„Ganz einfach indem ich dir jetzt eine Frage stelle."

„Die da wäre...?"

„Woher hast du dieses Porträt-Bild von ihm, deinem Vater, das dort drinnen, in deiner Wohnung auf dem Schuhschränkchen steht? Erinnerst du dich? Wo ist es her, dieses Bild?"

„Natürlich erinnere ich mich daran. Sehr genau sogar. Es war als würde ein kleines Wunder geschehen; wie sollte ich das vergessen? Es lag in einem alten Buch versteckt, welches ich meiner Mutter stibitzt hatte, als ich damals von zu Hause ausgezogen bin. Ein ururalter, zerfledderter, medizinischer Ratgeber mit nackten Menschen darin. Sie hielt es immer sorgfältig vor mir versteckt, weil sie, die Nacktheit der Bilder, beschämt machte und sie nicht wollte dass ich es zu fassen bekomme. Alles, was bei uns zu Hause auch nur annähernd mit Erotik oder Sexualität zu tun hatte, war grundsätzlich *bäh*..., erinnere ich mich ganz genau. Meine Alten haben mich auch nicht aufgeklärt. Sie haben mir nur alles verboten. Alles. Als ich in der Pubertät gewesen bin, und meinen eigenen Körper, so nach und nach entdeckte, wurde ich von ihr, meiner lieben Mutter, dabei erwischt und anschließend übel auf die Hände gehauen. Die Worte die sie schrie will ich erst gar nicht wiederholen. Meine Mutter kann wirklich sehr vulgär werden. Ihre berühmtberüchtigten Be- und Verurteilungen, sind heute noch ihre liebste Lieblingsbeschäftigung, obwohl sie schon so alt ist; ihre Worte sind oft scharfe Schwerter. Aber worauf willst du hinaus? Ich verstehe nicht..."

„In diesem Moment, als dir dieses Porträt-Bild in die Hände fiel, meine Liebe, da war dein Vater ganz nah bei dir, weil er sich bemerkbar machen wollte; dir sagen wollte, dass er immer bei dir ist. Auch jetzt, in diesem Augenblick. Er passt immer auf dich auf, verstehst du? Er begleitet dich."

„Jetzt...? Jetzt gerade? Echt jetzt? Wo ist er denn? Kannst du ihn sehen? Wie sieht er aus? So wie früher, als er weggegangen ist? Liebt er mich? Frag ihn. Nun sag' schon. Lass dir doch nicht alles aus der Nase ziehen, verflixt und zugenäht."

Der Schöne grinste mich mit einem Grinsen an, in dem so viel Wissen lag, dass er mir für einen Augenblick einen kleinen Schrecken einjagte. Von süffisant bis spöttisch-, von mitleidig bis liebend war alles in diesem Grinsen enthalten was man sich nur vorstellen kann. Und seine Augen... Ja, seine Augen. Die kannte ich doch. Die hatte ich als Kind doch so oft gesehen. War er womöglich... Aber nein. Diesen Gedanken wollte ich lieber wieder verwerfen. Er wäre zu schön um wahr zu sein. Bis auf die Augen sah der Schöne ihm ja auch überhaupt nicht ähnlich. Andrerseits...: Mein Vater war schon siebenundvierzig Jahre alt als ich in Produktion ging. Wie er früher - als er noch ein junger Mann gewesen ist, ausgesehen hatte, wusste ich doch überhaupt nicht. Mein Vater ein Schutzengel? War das denn möglich? Wie wurde man überhaupt zu einem Schutzengel auserkoren? Was genau sind die Voraussetzungen dafür?

„Ich will dich erlösen, meine Liebe, unterbrach der Schöne meine wilden, ergebnislosen Spekulationen. „Zum Schutzengel - dem zweithöchsten Amt der göttlichen Heerscharen überhaupt, wird man erst dann berufen, wenn man, so oft wie von „Ihm" angeordnet, wieder auf der Erde zurückkehren musste, um dort noch einmal von vorne anzufangen, und möglichst alte Fehler nicht mehr zu wiederholen. Und erst wenn der „Herr", der einzig autorisierte Richter im gesamten Universum überhaupt, zu dem Urteil gelangt, dass man das Leben als solches endlich begriffen hat, und verantwortungsvoll, weise und im Geiste klug, nach seinen gegebenen zehn Geboten lebte, erst dann wird man endgültig nach Hause geholt und darf für immer bleiben. Wir Schutzengel sind den Erzengeln unterstellt. Sie wiederum kümmern sich darum, dass wir unsere Arbeit, in „Seinem" Sinne erledigen."

Im Moment glaube ich, dass ich ganz schön belämmert aus der Wäsche gucke, wenn ich so an seinen

Lippen klebe, damit ich auch nur ja kein Wort verpasse. Es fällt mir sogar selbst auf dass ich mit offenem Mund dasitze und lausche. Ich schließe ihn schnell, fühle mich ertappt. Dabei beiße ich mir ein bisschen auf die Zunge. Dieser kleine Schmerz holt mich wieder ins Hier und Jetzt zurück.

„Und wie... wie genau wird man ein Erzengel?", will ich wissen.

„Oh... die Erzengel, die sind schon von Anfang an beim Allmächtigen. Sie haben bei seiner Schöpfung assistieren müssen. Sie waren niemals Menschen, so wie ich einer gewesen bin. Es sind göttliche Geschöpfe; von „Ihm" gemacht. „Er" kann sich ja auch nicht um alles kümmern. Auf seinen Ruhetag legt er immer noch großen Wert. Das solltest du auch tun; mal einen Tag pro Woche nix machen. Einfach nur abhängen und in Ruhe nachdenken. Bilanzieren, korrigieren, erkennen und so weiter und so weiter. Du solltest deine Angst ablegen, dass du dann, wenn du ruhst, in eine der sieben Todsünden abgleiten könntest. Trägheit ist das nämlich bei weitem nicht, wenn man regelmäßig, eine wohlverdiente Pause macht."

„Gut zu wissen. Ich werde mir das hinter die Ohren schreiben. Versprechen will ich aber nichts. Ich übe. Versprochen. Aber, könntest du mir einen großen Gefallen tun? Bitte."

„Mal sehen. Was denn?"

„Richte meinem Vater bitte aus, dass ich ihn sehr liebe. Ich will unbedingt dass er das weiß. Und dass ich - für die Geschehnisse von damals, wirklich nicht verantwortlich bin. Ja? Ich wusste ja nicht... Ich hatte keine Ahnung... Machst du das für mich?"

„Das kannst du ihm auch selbst sagen."

„Wie solle ich das denn anstellen, wo ich ihn, doch überhaupt nicht sehen und spüren kann? Wann weiß ich ob er da ist?"

„Rede ganz normal mit ihm. So, wie du jetzt mit mir redest. Er wird es hören, das verspreche ich dir. Außerdem hast du auch schon selbst bemerkt dass jemand bei dir ist. Erinnere dich doch bloß daran, als du vor kurzem auf deinem Laufband wie eine Verrückte-, völlig übertrieben, ja fast schon im Delirium herumgerannt bist, und du einen mordsmäßigen Schrecken bekommen hattest, weil du dachtest dass dich jemand an den Unterschenkeln berührt hat."

„Oh Mann... Und wie ich mich daran erinnere. Ich hätte vor Schrecken fast einen ausgemachten Herzkasper bekommen. Warum? Was war das? Ich dachte eher an eine Sinnentäuschung, weil ich meine Grenzen wirklich überschritten hatte."

„Nein nein. Das war keine Sinnestäuschung. Das war dein lieber Vater der dich wieder zur Vernunft gebracht hat. Wenn du - wie von Sinnen, weitergerannt wärst, hättest du dich an dem Tag in einer Klinik wieder gefunden, weil dein Kreislauf kollabiert wäre. Was hast du dir überhaupt dabei gedacht? Was sollte das? Bis du bescheuert?"

„Ja, ich weiß. Das war Blödsinn. Aber ich war an dem Tag so gefrustet, dass ich mich ins Nirwana laufen wollte. Betäubung perpedes, wenn du so willst. Laufen hilft mir wirklich. Damit kann ich mich in einen regelrechten Rausch versetzen."

„Lass es bleiben. Du schadest dir damit. Alles mit Maß und Ziel, denke daran. Du hast doch zu Anfang selbst erklärt, dass du, mit Unmäßigkeit, nichts am Hut hast. Also bitte. Halte dich daran."

101

„Duuuhu...?"

„Schieß los. Was ist?"

„Ich glaube ich empfinde keine Trauer mehr. Kann es sein, dass es *so* schnell gehen kann, loszulassen?"

„Das ist doch prima. Alles ist gut. Deinem Papa geht es absolut hervorragend, wirklich. Er freut sich über diese Entwicklung wie kein anderer. Alles ist gut. Alles ist gut. Eine letzte Frage habe ich noch, dann können wir dieses Thema schließen."

„Was kommt jetzt noch?"

„Bist du manchmal traurig darüber, dass *du*, keine liebende Familie um dich herum geschaffen hast? Dass du keine Kinder hast, so, wie es der große Rest der Menschheit in „Seinem" Sinne lebt, meine ich."

„Du meinst, einen liebenden, hingebungsvollen (?) Ehemann in anständiger Arbeit zu haben? Kinderchen, Schwiegerkinderchen? Später einen Stall voll Enkelkinder, ein Häuschen in einem älteren, spießigen Neubaugebiet mit kleinstem Grundstück, einem Kombi und einem Kleinwagen mit vier Sitzplätzen (Kleinwagen muss sein. Damit kauft Frau ein. Später, wenn die Kinder etwas größer sind, fährt sie damit zu einem Halbtagsjob) unter einem typischen Carport, einen beigefarbenen, braven Familienhund und eine grauweiße Katze, die nachts ein echtes Katzenleben führt, anders als eine Stadtkatze? Meinst du sowas in der Art? So ein hübsches Klischee, von der Gesellschaft erwartet und hoch gepriesen? Meinst du das? Das meinst du doch, oder?"

„Wie schön, dass du überhaupt nicht zynisch bist. Ich bin sehr begeistert. Aber ja... Sowas in der Art meine ich. Genau. Die Familie als sicherer Hafen, als Stütze und als Sinn des Lebens. Ja. So in etwa."

„Nein. Bin ich nicht. Ich bin nicht traurig darüber dass ich es *nicht* zu einer solchen Familie gebracht habe. Als Kind war ich schon eine Außenseiterin, wie du weißt. Und spätestens nach der vierten gescheiterten Beziehung dämmerte mir, dass *ich* für *dieses* Leben *nicht* geschaffen bin. Meiner Mutter zuliebe habe ich es zwar oft genug versucht, aber wohl gefühlt habe ich mich dabei nicht. Und wie man sieht: Seitdem ich diese Versuche unterlasse, und nach dem letzten Flop die Suche nach einem geeigneten Partner eingestellt habe, seitdem bin ich rundherum zufrieden und neuerdings sogar glücklich."

„Und wie soll es mal gehen wenn du alt bist? Glaubst du nicht dass dir dann eine Familie um dich herum fehlen wird? Kein Mensch existiert auf der Welt der dir wirklich ganz nahe steht. Die wenigsten würden das ertragen wollen."

„Aha... Interessant. Ich glaube aber du bist gerade auf dem Holzweg, mein Schöner. Es beeindruckt mich immer wieder, wie oft man im Leben geistigem Vakuum begegnet, aber bei einem Schutzengel hätte ich das nicht vermutet. Wie wär's. Wollen wir es mal mit Nachdenken versuchen?"

„Was bist du denn in Bezug auf dieses nette Thema so empfindlich? Willst du vielleicht verbergen dass es dir womöglich doch fehlt eine Familie zu haben? Du echauffiertest dich wie eine Ertappte."

„Das kenne ich schon. Was glaubst du wie oft ich diese Arie schon gehört habe. Nicht einmal meine beste Freundin verschonte mich damit, von meiner Mutter ganz zu schweigen. Ich gebe schon gar keine Antworten mehr darauf. Es ist einfach nur lächerlich. Man kann doch, a.) nichts erzwingen, und b.) nicht immer das wollen was alle anderen haben sollten, man selbst aber überhaupt nicht haben will. Jawohl. Ich will so leben wie ich lebe. Alleine! Und wer sagt dir denn bitteschön, dass diejenigen die Familie haben, im Alter unter Umständen nicht genauso einsam sind wie ich? Hhm... Wer sagt das? Ich will dir jetzt nicht mit irgendwelchen Statistiken kommen, mein Schöner. Du weiß darüber mehr als du gerade zugibst. Fest steht nur, dass Scheidungsanwälte gut zu tun haben. Altersheime verdienen sich dumm und dämlich. Dafür gibt es wohl Gründe. Und am Ende, mein Schöner... Am Ende zählt nur eins: Am Ende muss Glück sein."

„Ja. Du hast Recht, meine Liebe. Am Ende muss Glück sein."

Veränderung

„Ich gehe mir mal ein Butterbrot schmieren und einen Kaffee rauslassen. Es ist sehr schade dass ich dir nichts anbieten kann, mein Schöner", lenke ich versöhnlich klingend wieder ein. Diese Debatte von eben hat mich, nicht nur etwas hungrig gemacht, sie verursacht mir auch ein schlechtes Gewissen, weil ich dem Schönen so harsch in die Parade gefahren bin. Aber wirklich: Dieses Thema hängt mir zum Halse raus. Ich kann es einfach nicht mehr hören, weil es nervt. Soll doch jeder nach seiner Fasson... gilt doch schließlich auch für mich.

„Das habe ich dich übrigens noch nie gefragt..."

„Ich weiß was jetzt kommt. Aber geh´ und hole dir erst was zu essen und einen Kaffee. Ich höre bis hierhin deinen Magen knurren. Du kannst auch ruhig Eine rauchen, das macht mir nichts aus. Ich habe als Mensch selbst dieser Sucht gefrönt."

„Nicht wegfliegen, ja."

„Versprochen. Außerdem fliege ich nicht, oder siehst du hier irgendwo Flügel? Die werden uns liebevoll von euch Menschen angedichtet. Wir gestatten euch diese falsche Annahme gerne."

Eilig flitze ich in die Küche um ein spartanisches Mahl in Form einer Stulle vorzubereiten. Mein Magen hängt in den Kniekehlen. Ein Blick auf meine Uhr sagt mir, dass wir im Dialog, schon ein paar etliche Stündchen auf dem Buckel haben. Und trotzdem ist längst noch nicht alles gesagt, wie mir langsam dämmert, weil ich anfange zu begreifen, worauf der Schöne überhaupt genau hinaus will. Ein bisschen fühle ich mich wie bei einer Zwischenprüfung. Eine

Prüfung, ob ich, aus meinen Fehlern, etwas gelernt habe, oder, ob ich immer noch blind und taub bin wie mir oft selber scheint.

„Hach..." stöhne ich wohlig zufrieden kauend, und setzte mich - mit meinem Butterbrot und einem Becher Kaffee bewaffnet, wieder gegenüber des Schönen, der genüsslich entspannt und dösend, mit einem Lächeln auf den Lippen die Sonne genießt.

„Was stöhnst du so zufrieden? Es hört sich fast an als schliche sich klammheimlich Erleichterung bei dir ein. Geht es dir gut?"

„Mhm... Könnte man so sagen, sage ich mit vollem Mund. Ja, es geht mir gut. Weiß du, mein Schöner, ich habe solange schon keine Fröhlichkeit mehr bei mir entdecken können, dass ich mich die letzten Jahre, regelrecht an diesen Zustand gewöhnt habe. Dein heutiger Besuch tut mir wahrhaft gut, zumal es sich abzeichnet, dass mir heute eine gehörige Kopfwäsche erspart bleibt, und du auch sonst nichts Unheilvolles in deinem Warnsystem mit dir, als Botschaft für mich, herumschleppst. Das kann mir jetzt glauben wer will, aber ich spüre tatsächlich so etwas wie eine Veränderung. So, als sei eben ein verhärteter, alter Knoten in meiner Brust geplatzt, verstehst du was ich meine? Ganz ruhig fühlen sich meine Erinnerungen urplötzlich an. Nicht mehr aufgewühlt und schmerzvoll. Leicht. Fast schon ein bisschen verblassend, wenn man das so sagen darf. Ich weiß gar nicht wie ich es beschreiben soll: Ich bin dankbar."

„Hört sich vielversprechend an. So in etwa fühlt man sich wenn man mit Vergebung hantiert. Vergebung ist eine tolle Medizin für die Seelen, verstehst du, meine Liebe? Eine tolle Medizin."

„Ja. Ich weiß was du sagen willst. Ist ja auch in Ordnung. Ich brauche halt für alles ein bisschen länger als gesund. Ich bin wohl ein bisschen begriffsstutzig, wie du das so nett zu sagen pflegst. Oh… sieh nur: Dort am Horizont kommt eine kleine Wolkenformation auf. Gottes schöne Kleider. Naja, ein kleines Zipfelchen davon nur, aber wunderschön; fest wie Watte. Sie versammeln sich um zu Quellwolken zu werden, so wie´s aussieht. Blendend… strahlend ihr grelles weiß, obwohl sich so viele unsichtbare kleine, fiese Schmutzpartikelchen darin befinden. Für das menschliche Auge aber nicht wahrnehmbar."

„Gut erkannt. Ich sehe, du kennst dich aus mit Dingen, die nicht offensichtlich sind. So in etwa verhält es sich auch mit euch Menschen. Man kann nicht alles erkennen was sich unter ihrer Oberfläche verbirgt. Nichts ist wie es scheint."

„Mag sein. Davon spreche ich mich selbst auch nicht frei. Was mich betrifft, so will ich meine Persönlichkeit, auch nicht vor Jedermann demaskieren. Niemand soll wissen wie und was ich fühle, verstehst du? Das geht nur mich – naja… und natürlich „Ihn" etwas an. Dich geht es auch etwas an. Dich auch, ja. Sich zu sehr zu offenbaren, dieser Schuss kann ganz hübsch nach hinten losgehen. So sehr, dass dir Ehrlichkeit zum Nachteil ausgelegt wird. Diese Erfahrungen habe ich schon oft machen müssen. Man weiß doch nie genau wen man vor sich hat. Es ist so eine Sache mit dem Vertrauen. Ich bin damit viel zu großzügig-, und viel zu verschwenderisch umgegangen; ich habe es verschenkt."

„Das ist völlig in Ordnung. Das meine ich auch nicht damit. Und du sollst deine Persönlichkeit selbstverständlich nicht vor Jedermann demaskieren müssen. Niemand erwartet das von dir. Ich dachte eher an viel schwerwiegendere Dinge, wenn ich behaupte: Nichts ist wie es scheint."

„Zum Beispiel?"

„Die Lüge. Sie ist ein allseits beliebtes, viel verwendetes Instrument. Sie richtet so viel Schaden an, dass man kaum noch hinterherkommt sie zu ahnden. Hochstapelei ist zum Beispiel so eine schlimme Lüge, der Jedermann, lange Zeit, auf den Leim gehen kann, wenn die Begabung fehlt, hinter die blendenden Fassaden zu blicken. Wir lassen sie natürlich in den meisten Fällen auffliegen, diese Hochstapelei. Aber wie gesagt: Man kommt kaum noch hinterher."

„Da sagst du was. Aber weißt du auch wie schwer es ist ein Leben *ohne* Lüge zu führen? Es ist fast unmöglich *nicht* zu lügen. Ich praktiziere diese Nichtlügerei jetzt seit knapp drei Jahren. Ständig muss ich aufpassen was ich sage. Und das Ergebnis ist niederschmetternd. Die meisten Menschen wollen… die Wahrheit überhaupt nicht hören; sie akzeptieren kein nein. Um sie nicht zu verprellen muss man sich dauernd eine blöde Ausrede einfallen lassen. Ich will dir jetzt nur mal ein Beispiel erzählen: Hier und da wird man ja mal eingeladen. Sogar ich, auch wenn man es kaum glauben möchte, aber es gibt tatsächlich Menschen die mich ein bisschen mögen. Zum Essen-, zu einer Veranstaltung, einem netten Abend, zu einer kleinen Reise, was auch immer. Ist ja auch egal. Früher, vor diesen knapp drei Jahren, bevor ich mich so krass veränderte, habe ich mich gerne einer dieser verlogenen Ausreden bedient. Heute sage ich klipp und klar: Nein! Ich habe keine Lust, oder, ich will heute nicht aus dem und dem Grund. Du kannst dir an fünf Fingern abzählen was dann passiert."

„Na...?"

„Ich werde nie wieder eingeladen. Man ist beleidigt und zieht sich zurück. Freundschaften gehen in die Brüche. Das ist doch traurig, findest du nicht?"

„Ich verstehe. Andrerseits: Würde man diese Dinge im Vorfeld klären, dass man so miteinander umzugehen wünscht, ließe es sich praktizieren ohne dass jemand deswegen eingeschnappt ist. Sage es einfach wie du bist, und jeder wird es verstehen. Probier's mal aus. Erkläre dich. Erkläre, dass du es nicht böse meinst wenn du Einladungen nicht annimmst, sondern, dass du diesen Rückzug für dich brauchst um glücklich zu sein und zu funktionieren. Jeder Mensch ist individuell anders gestrickt. Einer braucht Umtrieb; du willst deine Ruhe. Das ist völlig legitim. Aber mal ganz abgesehen davon: Diese Arie mit den Ausreden, die sehen wir nicht ganz so streng. Wir bezeichnen sie in unseren Kreisen als, eine „gnädige Lüge", und drücken beide Augen zu. Alles halb so wild. Mit einer „gnädigen Lüge" schadet man ja auch niemandem. Im Gegenteil."

„Das ist zwar gut zu wissen, mein Schöner, und es ist nett von dir dass du das sagst, aber ich will dennoch konsequent, selbst auf „gnädige Lügen", wie du sie nennst, komplett verzichten. Mein Ziel ist es, absolut authentisch zu sein. Ich will mich in Zukunft für niemanden mehr verstellen müssen. Es belastet mich. Ich will es nicht."

„Das, meine Liebe, macht verdammt einsam."

„Mir egal. Ich will es so. Für mich ist Einsamkeit zwischenzeitlich eine unentbehrliche Lebensform."

„Mach wie du denkst. Tu was dir gut tut. Der freie Wille steht selbstverständlich auch dir zu Verfügung. Bediene dich. Schöpfe aus den Vollen."

„Seltsam."

„Was?"

„Mir kommt gerade ein ganz hübscher Liedtext in den Sinn. Der geht so: *Bitte hör nicht auf zu träumen, von einer besseren Welt...* Ein wunderschönes Lied; ich glaube Xavier Naidoo singt es. Ein etwas umstrittener Künstler, aber ich mag ihn sehr. Kennst du das Lied? Ich kann nicht singen, sonst würde ich dir eine kleine Kostprobe liefern. Besser nicht, sonst hauen alle Vögel ab. Ich habe keine Singstimme."

„Schön."

„Was? Was ist schön?"

„Zu beobachten wie du plötzlich loslassen kannst, wie du dich Zusehens veränderst und leichter-, fröhlicher wirst. Deine Gesichtszüge sind auch schon viel entspannter. Bleibe dabei, und mache dir nicht immer über allesmögliche einen Kopf. Vor allem nicht über die Dinge, die man *nicht* verändern kann; die, die man hinnehmen *muss*. Unterschwellig tragen auch sie zum Wachstum bei. Beklage dich nicht so oft bei „Ihm", du gehst ihm damit auf die Nerven. „Er" greift ohnehin nicht ein. „Er" lässt euch machen und euren freien Willen nach eurem freien Willen praktizieren. Wenn du dir das verinnerlichst, wird vieles leichter und verständlicher sein. Denken verändert sich ins Positive, wie selbst spüren kannst."

„Schon. Ich weiß ja auch dass du Recht hast. Aber über Mord und Totschlag-, Vergewaltigung, Entführung, Erpressung, Krieg und Ungerechtigkeiten aller Art, werde ich mich auch weiterhin aufregen. Dafür kenne ich mich viel zu gut. Hier wird sich nichts ändern. Gewiss nicht. Das kannst du vergessen."

„Denke dann aber bitte immer an die verschiedenen Arten und Weisen, *wie* man Geschehnisse ertragen kann. Du hast die Wahl, ob du dich für eine *positive*, oder *negative* Sicht- und Haltungsweise entscheidest. Ob du dabei traurig und niedergeschlagen, dich hilflos fühlst, oder dein Herz mit Hoffnung auf Besserung- Hoffnung auf „Ihn" erfüllst. Und nicht vergessen: Vieles lässt sich nun mal nicht ändern, trotzdem hat alles einen Sinn, auch wenn du ihn erst nicht verstehst. So, geht es mit der Zeit immer besser."

„Danke für den Tipp. Ich hoffe mein Gedächtnis lässt mich nicht allzu oft im Stich und ich erinnere mich an deine Worte. Apropos Veränderung... Das muss ich dir noch unbedingt sagen, weil es so erfreulich im Ergebnis ist: Der Hauptgrund, *warum* ich mich so sehr verändert habe, steht mir klar vor Augen..."

„Du machst mich neugierig."

„Fein. Ich liebe neugierige Schutzengel. Aber Spaß beiseite. Der Hauptgrund für meine Veränderung ist die Tatsache, dass ich – besser spät als nie, wie du immer so schön sagst, *glauben* erlernt habe. Er ist mir ja nicht in den Schoß gefallen, es war harte Arbeit, verbunden mit einem miesen Schicksalsschlag. Mir fielen plötzlich so viele Bücher, gute Bücher in die Hände, die mich ganz sanft, ganz sachte, auf die bevorstehende Veränderung hingeführt haben. Aber letztendlich glaube ich, dass der „Ewige", mir einen Sieg schenken wollte, weil er es mir *erlaubt*, ohne Konfession und ohne Konventionen glauben zu dürfen. Das ist einfach großartig. Warum hat mir das vorher niemand erzählt, dass ich weder Konfession noch Konvention benötige, um glauben zu dürfen? Ich muss mich nicht einmal meinem eigenen Blut anschließen dass in mir fliest, weil ich noch viel zu wenig darüber weiß, obwohl ich die Tora fast aufgefressen habe. Begriffen habe ich längst nicht alles. Vor allem nicht das viele Blut, welches darin, bei jeder kleinen Gelegenheit fließt. Trotzdem: Ich fühle mich wie ein autonomes Auto, als hätte ich eimerweise imaginale Zellen in mich hineingekippt. Eine... wie sagt man doch gleich dazu...?"

„Metamorphose...!"

„Genau: Metadingens. Du sagst es. Als sei ich von einer dummen, hässlichen Raupe, zu einem halbwegs ansehnlichen Schmetterling gewandelt. Ohne dieses ganze beängstigende Religions-, Theologie und Kirchengedöns. Fantastisch. Ich darf mir sogar mein eigenes Gottesbild erschaffen. Sensationell. Hätte ich das doch bloß schon viel früher gewusst. Vermutlich wäre mir der ein- oder andere Ausflug in die Höllen dieser Welt erspart geblieben. Ich glaube mir wachsen gleich Flügel."

Mein Schöner sieht mich jetzt wieder aus seinen leuchtendgrauen Augen an und schmunzelt. Sein Antlitz macht einen recht zufriedenen Eindruck, auch wenn er mein Geschwätz für kindlich naiv halten mag. Er lässt sich jedenfalls nichts Sichtbares anmerken. Dann fällt mir wieder ein was ich ihn schon so lange mal fragen wollte, von wegen Veränderung, die, soweit ich die Sache jetzt erkennen kann, auch eine ganze Menge mit Verwandlung zu tun hat. Zwei Begriffe aus einer Familie, bin ich sicher zu wissen. Errare humanum est, verordne ich mir noch schnell tröstend in die eigene Erinnerung, und lasse seine Worte: „*Nichts ist wie es scheint*", in meinen Gedanken nachklingen. Mir ist wichtig dass ich dem Schönen nicht zu nahe trete, nicht, dass ich ihn, am Ende noch in Verlegenheit bringe. Es wäre mir arg, ich liebe ihn doch.

„Die liebe, liebe Neugierde", nuschelt er lächelnd.

„Was? Wieso Neugierde?", will ich neugierig wissen.

„Jetzt sag' schon. Deine Nasenspitze ist ja schon ganz gerötet. Du platzt sonst gleich."

„Bin ich froh dass du nicht an einer paranoiden, narzisstischen Persönlichkeitsstörung leidest, sondern nur am Schutzengel-Syndrom, welches dich befähigt, alles schon vorher zu wissen."

„Werd' bloß nicht frech hier, Madam. Sonst verpasse ich dir gleich einen gediegenen Schluckauf. Dann ist Schluss hier mit sabbeln. Nun frag mich endlich; du kannst sonst heute Nacht nicht schlafen."

„Ha...ha... So schlimm ist es jetzt auch wieder nicht. Ich weiß eben nicht genau *wie* ich es formulieren soll-, wo ich anfangen soll, wie ich es ausdrücke, damit ich, naja... nicht ins Fettnäpfchen platsche, wie ich das so ausgezeichnet beherrsche. Ich bin eine hervorragende Fettnäpfchen-Platscherin."

„Eben sagtest du doch noch, dass du authentisch sein willst. Na bitte. Rede einfach frei raus. Stell dich nicht so geziert an. Ich kann das ab."

„Na gut. Wie du willst. Na dann... Also: Warum gibst du mir nie die Hand zur Begrüßung oder zum Abschied. Punkt eins. Und warum hast du mich noch nie umarmt, wie es mir, mit Sicherheit, guttun würde. Punkt zwei. Ich lasse mich nämlich gerne umarmen, von Menschen, ähm... Engeln die ich mag."

„Aha! Da haben wir's. Menschen! Du sagtest zuerst Menschen, meine Liebe. Ich bin aber kein Mensch; ich war mal einer. Das ist lange, sehr lange her. Jetzt bin ich ein Schutzengel, wie man sehen kann."

„Nee... Eben nicht. Man kann es nicht sehen. Höchstens an deinen Klamotten, weil so, niemand auf der Straße rumrennt. Jedenfalls nicht bei uns in Europa. Höchstens in der Wüste. Ich frage mich - seit unserer ersten Begegnung, warum du mich nicht berührst, und, wie du dich überhaupt anfühlst unter deinem Gewand. Das wüsste ich *zuuu* gerne, ja. Und wie funktioniert es, dass du mal sichtbar- und mal unsichtbar bist? Wie bewegst du dich fort, wenn du doch nicht fliegst, wie du sagtest? Wo hältst du dich auf wenn du *un*sichtbar bist?"

„Jede Menge Fragen. Fragen die ich schon auswendig kenne, weil alle Menschen die gleichen Fragen stellen. Du bist also keine Ausnahme, meine Liebe. Nun... ich will dich mal ein Stückweit erlösen. Es ist so: Sagt dir der Begriff „Feinstofflich" etwas?"

„Nö... Was ist das?"

„Energie. Pure Energie. Nichts anderes als Energie. Mehr ist es nicht. Energie. Mit Kraft meiner Gedanken und meines Willens, kann ich mich sichtbar machen. Oft mache ich es nicht, weil es wirklich jede Menge Energie in Anspruch nimmt. Aber ich brauche dazu auch deine Unterstützung, meine Liebe."

„Wie das?"

„Ganz einfach. So, wie ich jetzt hier vor dir sitze, sehe ich nicht immer aus. Ich habe viele Gesichter, unterschiedliche Körper und unterschiedliche Alter. Wie ich jetzt aussehe, entspringt *deinen* Gedanken, nicht meinen Wünschen. *Du* gibst mir *das* Aussehen, wie *du* dir einen Schutzengel vorstellst, quasi vor. Es ist deine eigene Energie, die dazu erforderlich ist, mir ein Aussehen zu verleihen. Du könntest genauso gut eine andere Oberfläche auswählen. Sogar einen Gegenstand, oder ein Tier. Es muss nicht zwingend eine menschliche Form sein. Denke doch nur daran, wie manche Menschen an einem Talisman hängen. Ohne ihren Talisman würden sie das Haus nicht verlassen. Es wäre - wenn man es genau nimmt, völlig egal, ob Mensch, Tier oder Gegenstand. *Wir sind.* Und Feinstofflich heißt im Grunde nichts anderes, als dass ich aus purer, komprimierter Energie bestehe."

„Mann... habe ich einen guten Geschmack", murmle ich mir in den Bart.

„Was meinst du? Ich habe dich nicht verstanden."

„Jaja. Tu doch nicht so. Natürlich hast du mich ganz genau verstanden. Du willst halt bloß nochmal hören wie umwerfend du aussiehst. Gib es ruhig zu, du kleiner, eingebildeter Macho-Schutzengel. Dir wird schon keine Feder aus deinem imaginären Flügel fallen. Wie komme ich überhaupt auf die absurde und sensationelle Idee, mir, einen Schutzengel als *Mann* vorzustellen, wo ich doch diese Rasse, so gänzlich aus meinem Dunstkreis verbann habe? Bin ich bescheuert oder was?"

„Ha... Du bist eben auch sehr leicht zu beeinflussen. Alleine das Wörtchen „Schutz-*Engel*', reicht schon aus um deine kleine Fantasie, in eine ganz bestimmte-, eine männliche Richtung zu lenken. Hieße es „Schutz-*Engelin*', dann wäre ich jetzt eine Frau. So einfach und simpel ist das. Und außerdem: Du denkst ja auch sehr oft an deinen Vater, nicht wahr? Und somit sind deine Gedanken geprägt. Und ja... Du hast einen guten Geschmack. Ich finde auch dass ich gut aussehe. Vielen Dank dafür."

„Bitte. Keine Ursache. Gern geschehen. Aber, eines will mir nicht einleuchten: Wie ist es dann möglich, dass ich, damals auf dem Laufband, eine richtige-, eine reale Berührung gespürt habe? Ich schwör's dir bei allen Heiligen. Das war Tatsache eine richtige, spürbare Berührung. Sonst wäre ich doch nicht fast aus den Latschen gekippt vor Schrecken."

„Der Begriff „Kompression" sagt dir doch etwas als Baumeisterin, ja? Du bist doch technisch ganz gut dabei. Dann wirst du auch wissen, dass man Energie, komprimieren kann. Energie ist bündelbar, ja? Sagen dir die Namen Crux oder J. J. Thomson etwas?"

„Ganz dunkel. Meine Schulzeit ist ein paar Tage her. Sie sind, eine der Väter der Teilchenphysik, wenn ich mich recht erinnere."

„Genau. Crux, dieser kluge Kopf, wäre uns, mit seinen gewagten Experimenten, beinahe auf die Schliche gekommen. Aber niemand glaubte ihm damals. Gott sei Dank. Man tat ihn, mit seinem Interesse an Unbegreiflichem, überirdischen, als verrückten Spinner ab. Er entdeckte die Bestandteile eines Atoms, und packte sie in eine Röhre, oder so ähnlich. Also Protonen, Neutronen, Elektronen und der ganze Kram. Er entdeckte, dass Materie in vier-, und nicht in drei Aggregatzuständen auf der Welt existent ist, vorhanden ist. Die vierte, die Strahlenmaterie, sie ermöglicht uns, dass wir uns verkörpern können. Die Quantentheorie, sie lieferte die Erklärung, könnte man sie verstehen. Diejenigen, die von sich behaupten die Quantentheorie zu verstehen, sind verrückt. So absurd es klingen mag, es ist so. Ein sehr komplexes

Thema. Man könnte tagelang, lebenslang darüber philosophieren und hinterließ doch nichts als neue Fragen. Wichtig ist nur, dass du dir im Kopf behältst, dass man den genauen Aufenthaltsort für Atome, nicht bestimmen kann. Mehr musst du nicht wissen. Das war's auch schon. Mehr steckt nicht dahinter. Wollen wir jemanden berühren, komprimieren wir die Luft im Raum-, ballen die Energie, und formen sozusagen, eine Hand oder einen Körper aus dieser komprimierten Energie. Das ist genau das, was du jetzt hier - in diesem Augenblick meiner Anwesenheit, auch siehst wenn du mich betrachtest. Und deshalb berühre ich dich nicht, und gebe dir auch keine Hand, weil ich entspannt bin, und du meine Berührung nur als sanften Hauch spüren könntest, wenn überhaupt. Ich will dich damit aber nicht unnötig erschrecken. Deshalb, alleine aus diesem Grunde, lasse ich es bleiben. Alles soweit verstanden?"

„Klingt kompliziert aber einleuchtend. Und wenn du wieder verschwindest, nimmst du ganz einfach nur die konzentrierte Energie wieder heraus und verdünnisierst dich. Ist das richtig?"

„So in etwa. Aber das ist nicht so wichtig. Gewöhne dir ab, für alles eine Erklärung finden zu wollen. Nimm es einfach hin. Das Leben sollte sein, so leicht wie eine Feder in einer lauen Briese. Man muss nicht alles anfassen-, nachmessen und analysieren können. Das Resultat zählt. Strom kann man auch nicht sehen, trotzdem erleichtert er dein Leben ungemein."

„Manchmal komme ich mir so dumm, so unwissend vor. In den Büchern die ich bergeweise verschlinge, finde ich zwar Linderung und Trost, aber auch nicht immer eine Antwort auf meine Fragen. Und wo wir schon wieder beim Thema „Fragen" sind. Eine letzte noch, sei mir gestattet."

„Wo, willst du wissen?"

„Ja. Wo, will ich wissen."

„Mega einfach beantwortet: Wer rausgeht muss auch wieder reinkommen. Fertig."

„Seeehr witzig. So genau wollte ich es jetzt auch nicht wissen. Geht's nicht ein Häppchen genauer?"

„Also: Ich erkläre es dir mal so, wie man es einem Kinde in der vierten Schulklasse erklären würde, ja? (Ich nicke dankbar). Die Troposphäre sie befindet sich in 0 bis 15 Kilometer Höhe. Ja? (Ich nickte zur Bestätigung. Das weiß wirklich jedes Kind). Die Stratosphäre in 15 bis 50 Kilometer-, die Mesosphäre in 50 bis 85 Kilometer, die Thermosphäre in 85 bis 500 Kilometer, und die letzte, die Exosphäre, befindet sich 500 bis 10.000 Kilometer Höhe. Danach kommt das All. Alles klar? (Aller guten Dinge sind Drei. Ich nicke). „Fein", sagt der Schöne zufrieden über meinen Bildungsstand. „Alles was sich innerhalb dieser Hülle befindet, kann nicht hinaus, nicht entweichen. Umgekehrt ist es aber genauso. Es kann auch nichts hinein, mit Ausnahme einer festen Masse, die sich in exorbitant hoher Geschwindigkeit fortbewegt-, geschleudert wird. Wie zum Beispiel ein Meteorit, ein Space-Shuttle, eine Rakete, was auch immer. Wenn ein Mensch seine letzte Reise antritt, hinterlässt er seine Seele im Raum. Besagte Seele ist feinstofflich, also Energie. Sie tritt aus dem physischen Körper aus und in die Sphäre ein. Dort verbleibt sie solange, bis sie die goldene, die höchste Stufe erreicht hat. Solange kehrt sie - je nach Bestimmung, immer wieder zur festen Erde zurück. In der Zwischenzeit-, der Wartezeit, ist diese Seele an dem Ort, an dem sie glücklich- oder bestürzt gewesen ist. Diese Seele besitzt, ebenso wie ich, die Fähigkeit sich bemerkbar zu machen. Wenn dir jemand erzählt dass er einen Geist gesehen hat, belächle ihn nicht; glaube ihm. Es kann tatsächlich sein. Alles ist möglich. Nichts ist wie es scheint."

„Und was ist mit den Goldenen? Was geschieht mit ihnen?"

„Das sind all diejenigen die sich selbst gefunden- und das Leben verstanden haben. Sie reisen zu dem Ort der euch als Paradies ein Begriff ist. Sie lernen „Ihn", von Angesicht zu Angesicht kennen. Sie bleiben. Das Paradies ist überall und hinter dem Vorhang, hinter den ihr erst blicken könnt, wenn ihr bei uns angekommen seid. Die göttliche Erfüllung, die Heimat. Manche sagen auch Nirwana dazu. Je nachdem welcher Gemeinschaft sie auf Erden angehörten. Das Ergebnis ist immer das Gleiche. Es trägt nur einen anderen Namen. Fest steht: Es geht nichts verloren."

„Das heißt im Klartext: Wenn ich keinen Mist baue, brauche ich den Tod auch nicht zu fürchten?"

„Bingo!"

„Mir geht es gerade schweinisch gut, mein Schöner."

Der Schöne wendet sich von mir ab, und hält wieder sein schönes Gesicht in die Sonne um zu dösen. Dies ist, zwischenzeitlich, für mich zum Signal geworden die Klappe zu halten. Er braucht ganz offensichtlich diese Pause. Vielleicht muss er sich, ähnlich einem Akku, wieder aufladen, überlege ich intelligent und schweige. Die kleine, schneeweiße Wolkenformation am Himmel ist zu einer Wolkenkette herangewachsen. Meine Gedanken gehen auf Wanderschaft. Ich versuche das Gehörte zu verarbeiten. Ist die Seele am Ende ein inverses Element, das sich erst nach dem Tode zum Leben verwandelt? Das wäre ja ein echtes Ding, meine Güte. Was treibt die Seele eigentlich wenn wir um im Schlaf befinden? Ist sie für unsere Träume verantwortlich? Verreist sie? Macht sie einen Besuch in einem anderen Raum? Kann die Seele mit „Ihm" kommunizieren? Wo ist sie bevor wir geboren werden? Liegt sie auf Halde und wartet auf ihren Einsatz? Wann ist die Übergabe an uns? Waren wir schon oft wer anderes? Wer waren wir, wenn es so ist? Büßen wir im Hier und Jetzt für die Leben davor? Grund Gütiger... Wenn ich weiter so grüble werde ich noch ganz bekloppt im Kopf. Vielleicht sollte ich mich doch an den guten Rat des Schönen halten, und alles einfach, ohne pausenlos zu hinterfragen, hinnehmen. Vielleicht sollte ich... einfach nur sein. Einfach nur „sein."

Hoffnung

„Das ist die beste Idee die du seit Langem hattest, meine Liebe. Lass einfach gut sein. Lebe."

„Daran werde ich mich nie gewöhnen, dass du meine Gedanken hören kannst. Kaum habe ich diese Tatsache ausgesprochen, entfällt sie mich auch schon wieder. Ich habe meine Gedanken auch nicht unter Kontrolle; habe sie einfach nicht im Griff. Und wenn ich mich auf den Kopf stelle und mit den Füßen wackle, ich kann sie nicht im Zaum halten oder abstellen. Eine Zeitlang war ich Weltmeister im Kreisdenken. Kreisdenken ist so kurz vor knapp, bevor man endgültig den Verstand verliert. Kommt in dieses Sammelsurium dann auch noch Reue – die liebe alte Reue, durch die man Geschehenes bekanntlich auch nicht mehr ändern kann, hinzu, dann ist aber alles zu spät. Mir selbst war manchmal regelrecht schwindlig davon, und meine Lebensqualität, die schipperte irgendwo unter dem Gefrierpunkt. Dem „Ewigen" sei Dank, dass ich das weitestgehend überwunden habe. Zurückgeblieben ist nur noch so ein dummes *„es-steht-mir-was-bevor-Gefühl"*, welches sich auch immer, jedes Mal, sehr unangenehm und beängstigend anfühlt. Kommt es auf, ist der Tag garantiert gelaufen. Hast du keinen Tipp für mich, wie das blöde, bedrückende Gefühl abschaffen könnte?"

„Wie bitte? Du willst es abstellen? Spinnst du jetzt völlig? Du weißt ja nicht was du sagst."

„Wieso?"

„Na du hast vielleicht Nerven. Dieses *„es-steht-mir-was-bevor-Gefühl"*, ist eine ganz intakte, super funktionierende Intuition, der du, nicht selten, Abwesenheit unterstellst. Andere wären froh sie hätten eine so gesunde Intuition wie du. Sei stolz drauf. Sie ist schon so gut ausgebildet, dass es fast einer Vorahnung gleichkommt. Noch eine Stufe weiter, und du stehst mitten in der Hellsichtigkeit."

„Nee Danke. Kein Bedarf. Das fehlt mir noch. Verschone mich. Wehe du machst da was womit ich nicht einverstanden bin, dann verhaue ich dir aber... ach nee; das geht ja nicht. Du bist ja aus Gas, quatsch nee... aus Energie. Zu dumm aber auch."

„Feinstofflich!"

„Was?"

„Schon gut. Vergiss es. Nicht so wichtig. Mal eine ganz andere Frage, meine Liebe. Was fällt dir eigentlich zum Thema Hoffnung ein? Worin liegt die deinige zum Beispiel?"

„Oha... Hoffnung. Was Besseres fällt dir wohl nicht ein. Dieses Wort, das hinter dem der Wunsch, der Vater des Gedanken ist. Das menschliche, immaterielle Per Pedum Mobile; immerzu und alle Zeit in Bewegung, aber ohne Antrieb nicht funktional möglich. Dieses unversiegbare Fass, voll bis oben hin mit Ungreifbarem. Was genau willst du denn wissen?"

„Einfach nur so. Nichts Bestimmtes. Einfach nur, was dir dazu so einfällt. Ganz spontan. Aber nicht zu verwechseln mit Wünschen."

„Schon klar. Ich habe dich verstanden. Tja... Wo fange ich am besten an? Ja. Am besten mit dem uralten Waschlappen Weltfrieden. Dieses Ding- diesen unfassbaren, nicht möglichen, niemals existierenden Allgemeinzustand, nicht wahr? Immerzu bestens geeignet, auf eine dumme Frage eine Gutmenschen-Antwort zu geben, weil wir so arm an Optionen sind.

Ich weiß auch nicht warum, aber mir fällt gerade der Ausspruch von Gandhi dazu ein: Auge um Auge, sagte er, und die ganze Welt wäre blind. Damit hatte er das Missverständnis im Alten Testament aber auch nicht aufgeklärt. In der Tora sieht es auch nicht viel besser aus. Aber im Judentum hat man es wenigstens mal für nötig erachtet, die Metapher zu erklären. Sie steht nämlich unterm Strich für die Gerechtigkeit. Also auf einem ganz anderen Blatt als dieses verheerende Missverständnis, dem diese blöden Dummköpfe-, diese selbsternannten Gotteskrieger auf dem Leim gehen, weil sie ohnehin nix in der Birne haben außer Mord und Todschlag, unter dem Deckmäntelchen des Glaubens gerechtfertigt. Hier möchte ich primär meine erste Hoffnung platzieren. Ich hoffe, dass diese Chaoten so schnell es nur geht, endlich beleuchtet werden, und man ihnen, wenigstens drei oder vier – am besten fünf funktionierende, gesunde Gehirnzellen spendet, in der *Hoffnung,* dass sie sich in deren Hohlräumen vermehren. Wenn sie sich selbst in die Luft jagen wollen, bitteschön. Wenn sie glauben damit im Galopp ins Paradies einkehren zu können, von mir aus gerne. Aber dann in der Wüste, wo sie keinen Schaden anrichten können, und keine unschuldigen Menschen, mit in den Tod reißen. Ich würde mich sogar freiwillig melden und bis Drei zählen. Sollen sie ruhig tun, was sie glauben tun zu müssen, in ihrer Blindheit. Anmeldungen für die Wüstenexekution, zur Verabschiedung weiterer, verblendeter, blutrünstiger Kriegsherren und ihrer verblödeten, dämlichen-, in die Irre geführten Gefolgschaft, nehme ich liebend gerne entgegen. Mein Freund Albert ist ein praktizierender-, überzeugter

Buddhist, ein Gitarrenbauer und großartiger Künstler, ein leidenschaftlicher Musiker. Er würde jetzt die Hände überm Kopf zusammenschlagen, könnte er mich reden hören. Er möge mir verzeihen. "

„Das sind ja hübsch despektierliche Worte, die du da von dir gibst, meine Liebe. Halte dich bloß fern vom Hass. Hass tut niemandem gut, auch dir nicht, so hypersensibel wie du bist."

„Despektierlich nennst du das? Nun bleibe aber mal auf dem Teppich. Wie sollte ich Achtung vor solchen Kreaturen haben? Du spinnst wohl. Das wäre ein bisschen viel verlangt."

„Versuche es mal mit echtem Mitleid. Mitleid wird sich als der leichtere Weg erweisen, wenn du, zur Liebe und zur Nächstenliebe, nicht fähig bist, wie du glaubst."

„Liebe...? Nächstenliebe sagst du so salopp, gelassen und mit Selbstverständnis? Ein anderer Freund, Thies heißt er, drückt sich genauso aus wie du. Jetzt wird's aber hinten höher als vorne. So jemanden kann man doch nicht lieben-, nicht Mitleid mit ihm haben, der wahllos andere Menschen umbringt-, ihnen den Kopf abschlägt, ihnen die Existenz vernichtet ohne Rücksicht auf Verluste, und, mit sich überschlagender Stimme lauthals rechtfertigend, Allahu akbar plärrt. So jemanden doch nicht."

„Du vielleicht nicht. Aber „Er", er liebt auch verirrte Seelen. Ausnahmslos"

„Von mir aus. Ich bedanke mich schon mal im Voraus, wenn ich - falls ich in den Himmel komme, eines Tages am gläsernen Tisch sitzen darf, und so ein Arschloch mir gegenüber sitzt. Ich glaube dann reise ich wieder ab und sehe mich mal in der Hölle um.

Vielleicht sind dort - wo auch immer diese Hölle sein mag, solche liebesunfähigen Dummköpfe wie ich selbst einer bin, anzutreffen. Mein Herz ist nicht so groß wie es vielleicht nach „Seinen" Vorstellungen sein sollte. Ich bekenne mich freiwillig zu einem bedingt aufnahmefähigen- zu klein geratenen, engen Herzen. Jetzt weißt du´s. Punkt. Es ist wie es ist. Wechseln wir lieber das Thema, sonst bekomme ich noch die Krätze. Glaubenskriege machen mich wütend und bitter. Ist ja nicht zum Aushalten. So... Also. Weiter im Text: Ich liebe den Duft von Orangen. Ich *hoffe* dass sie, die Orange, uns alle, mit ihrer herrlichen Frucht noch so lange erfreut. So lange, bis der verwundete Planet, eines Tages, vielleicht seinen letzten Atemzug aushaucht. Ich *hoffe*, dass der Weg der Verwandlung, mir gut bekommt und ich nicht am Ende meiner Wachstumsreise vor einem neuen, noch höheren Berg Horeb stehen muss, und meine Schuhe schon Löcher haben, weil ich so weit gewandert bin; hoffentlich nicht umsonst gewandert bin. Ich *hoffe*, Empathie gäbe es bald auf Rezept für all diejenigen, denen dieser Begriff, gänzlich am Allerwertesten vorbeigeht. Ich *hoffe* auf gute, stabile, lebenspendende Gesundheit der Sonne, damit sie nicht vorzeitig schlapp macht, weil sonst die ganze Hofferei für die Katz wäre. Ich *hoffe* auf ausreichenden, angemessenen Regen, nicht diese Sintfluten die alles mit sich reißen, auf Wind und auf Segen. Ich *hoffe* auf gefüllte Bäuche für alle Kreaturen dieser Erde. Nicht nur für Menschen; Tiere werden immer schnell vergessen, das ist abscheulich. Auch sie haben Seelen und sind von Kriegen betroffen wie von Naturkatastrophen. Ich *hoffe* auf Beistand vom „Ewigen", von dir, und ich *hoffe* auf einen lauen Tod, kein erniedrigendes Dahinsiechen. Schnell und schmerzlos sollte er sein. Gnädig und mild. Ich *hoffe* auf Glück am Ende. Aber das ist doch alles purer Käse was ich erzähle, mein Schöner. *Jeder* hofft so ähnlich wie ich. Ein altes Lied. Kennst du das nicht schon rückwärts auswendig?"

„Schon. Wobei: Du formulierst deine Hoffnungen schon etwas speziell. Aber, es ist für mich immer wieder interessant die unterschiedlichsten Reihenfolgen diverser, inniger Hoffnungen zu betrachten, und wie unterschiedlich die Prioritäten gesetzt werden; was zählt-, was von Bedeutung ist. Wo, an welcher Stelle der Glaube steht. Und welche Emotionen sich zeigen wenn ein Gefragter spricht. All das."

„Den Glauben...? Den habe ich völlig vergessen. Was gäbe es im Glauben groß zu hoffen? Entweder man tut es- oder man tut es nicht. So einfach ist das."

„Findest du? Ich an deiner Stelle, würde vielleicht noch aufzählen dass du hoffst, den Glauben als solches nie wieder zu verlieren."

„Ach so... Ja. Natürlich. So gesehen hast du natürlich Recht. Den Glauben und die Gefühle. Die auch noch, die Gefühle. Man braucht beides."

„Wie das?"

„Weil ich dankbar bin, dass ich wieder fühle dass ich fühle. Die Zeit in der ich mich selbst nicht mehr fühlte, auf die kann ich in Zukunft ganz gut verzichten, mein Schöner. Ich hoffe dass es so bleibt-, sich situationsbedingt nicht mehr ändert, nicht mehr in Gefahr gerät. Nie wieder. Und wenn wir schon dabei sind: Ich hoffe noch etwas nicht wieder zu verlieren. Nämlich dieses Glücksgefühl, auf Grund „Seiner" und deiner Zustimmung, in Bezug auf meine Sichtweise, was den Wunsch des Alleinseins betrifft. Ich darf alleine sein wollen, ohne dass ich aus eurer Liebe herausfalle, weil ich mich der Norm-, der Gesellschaft nicht unterordnen will und entziehe. Den Glauben hatte ich vermutlich deshalb nicht erwähnt, weil er mir - obwohl ich noch sehr jung im Glauben bin, zwischenzeitlich als ganz selbstverständlich von der Hand und in den Kopf geht. Wieder ein anderer, lieber Freund, war mir dabei behilflich, ohne es selbst zu wissen, dass er es tat. Er hat Herrn Sturm das Leben geschenkt. Und Herr Sturm hat mir die Farbe des Windes erklärt-, hat mich bei der Hand genommen und mich zum Glauben geführt, mich *sicher* gemacht und überzeugt. Herr Sturm und sein Schöpfer sind großartige Menschen. Davon sollte es viel mehr geben. Oh... da fällt mir noch etwas ganz wichtiges ein: Ich hoffe, hör gut zu mein Schöner, dass die Schönheit der Arktis und der Antarktis erhalten bleibt. Für immer bitteschön, wenn's geht. Das wäre mir noch sehr, sehr und überaus wichtig. Ich liebe diesen erhabenen, unbeschreiblich schönen Anblick so sehr."

„Das ist jetzt blöd."

„Wieso?"

„Dafür seid ihr Menschen selbst zuständig und verantwortlich. Hier können wir nur sehr bedingt bis gar nicht eingreifen. Leider. Wir können nur - bestenfalls mit Naturkatastrophen und sichtbaren Veränderungen, den mahnenden Wecker spielen und unseren drohenden Finger erheben. Seht mal zu, dass ihr lieben, degenerierten Erdenbewohner-, ihr Fleischfresser ihr lauffaulen, etwas mehr für-, beziehungsweise gegen die drohende Klimaveränderung unternehmt. Ein bisschen mehr zu Fuß gehen, ein bisschen *viel* weniger Fleisch essen, einen Pullover tragen wenn ihr in euren Behausungen zu frieren glaubt, nicht noch eine billigere, unnötige Fluglinie ins Leben rufen und so weiter und so weiter."

„Mhm... Stimmt. Aber, und das möchte ich an dieser Stelle einmal lobend hervorheben - ich darf mich auch mal selbst loben: Ich... ich bin in dieser Hinsicht schon sehr weit herangereift. Mal abgesehen von der kraftvollen Motorisierung meines vierrädrigen Freundes, den ich brauche um diese langen Reisen zu meiner liebenden Mutter zu absolvieren, steht der Wagen den Rest der Zeit, ungenutzt in der Garage. Besorgungen erledige ich ausnahmslos zu Fuß. Getränke werden angeliefert, den Rest schleppe ich perpedes. Man betrachte es einfach als kleine, kostenlose Sporteinheit zur körperlichen Ertüchtigung, denke ich mir. Fleisch gibt es - aus meiner persönlichen Überzeugung heraus, nur einmal im Monat. Ebenso Fisch, Geflügel oder eine Eierspeisen. Das ist mein Beitrag zu Entlastung der Umwelt und meiner Gesundheit. Damit geht es mir und der Umwelt gut; das ist alles was zählt."

„Sehr schön. Ein guter Mittelweg. Ein Anfang. Ich hoffe, dass du als gutes Beispiel vorangehend, einige deiner Spezies damit anstecken und überzeugen kannst. Man soll die Hoffnung nie aufgeben. Nie. Hoffen bedeutet, ein Stückweit auch glauben dass alles gut wird-, sich zum Besseren wendet, sich positiv entwickelt. Hoffen ist Art und Weise, ist Zustand, ist Gefühl und Denkart. Macht zuversichtlich, optimistisch und kraftvoll."

„Und was, wenn sich alle Hoffnungen zerschlagen-, sich nicht erfüllen, im Sande verlaufen? Ist man dann nicht umso mehr enttäuscht, wenn alles hoffen umsonst gewesen ist? Können unerfüllte Hoffnungen nicht zu einer tiefen Desillusionierung beitragen und Schaden anrichten?"

„Nein. Die Hoffnung ist niemals umsonst. Auch wenn sie sich nicht erfüllt, hat der Hoffende, den Weg bis dahin, wenigstens nicht in tiefster Sorge beschritten. In einer Sorge, die das kleine-, aus dem Tritt geratene, belastete Leben, nur unnötig beschwert hätte. In Hoffnung schreitet man leichter voran als mit Resignation in Gedanken. Hoffen verändert die Denkstruktur immens. Und außerdem: Diejenigen die der Hoffnung nicht müde werden, sind meistens gute Gläubige. Das muss dir doch einleuchten. Die Art und Weise *wie* man etwas angeht-, etwas erträgt, etwas hinnimmt, ist dafür verantwortlich, wie man sich fühlt. Wie wir bereits geklärt haben, meine Liebe: Egal ob ich mich gut oder schlecht fühle, es ändert an einer Situation rein gar nichts. Fühlt man sich jedoch gut und hoffend, lässt sich alles einfach viel besser ertragen. Und selbst wenn sich die Hoffnung zerschlägt, hat man-, hat Mensch, wenigstens nicht seine Kraft auf dem Weg zum Ziel vergeudet und verschwendet. Und noch etwas fulminant Wichtiges: Zerschlägt sich eine Hoffnung ins befürchtete Nichts, wartet nicht selten eine viel, viel bessere Lösung der Dinge-, ein viel sinnvolleres, beständigeres, erquicklicheres, lohnenderes Ziel als das alte, vorherige, welches womöglich - wie dein Freund es auf dieser blauen Karte ausdrückte, im Weg gewesen ist, schlichtweg falsch war, ein Irrtum. Erst noch verborgen hält sich das neue-, das bessere Ziel. Man erkennt es zunächst nicht einmal. Aber dann: Vielleicht später oder sehr bald schon, tritt es hervor, um von euch verstanden zu werden. Das Gute im Schlechten zeigt sich. So ist das Gesetz. So ist das Leben, wenn man den Glauben an sich selbst-, an „Ihn", an uns nicht verliert. Deins, dein Leben und das der anderen. Jedermanns Leben ist davon betroffen. Und, meine Liebe, mach niemals den Fehler sich in Zweifeln zu ergehen. Bleibe immer hoffend. Zweifel machen alles zunichte was du dir so sehr erhoffst und wünschst. Zweifel stellen „Ihn", mich und uns alle die wir euch beistehen, nämlich infrage. Mit Zweifeln bestellst du dir dein Unglück selbst frei Haus, weil du nicht rein im Glauben bist."

„Das lässt mich hoffen, mein Schöner. Du hast es mir sehr schön plausibel gemacht. Ich denke, nun habe ich alles verstanden. Ich hoffe."

Freude

Das Gespräch mit dem Schönen ist wohltuend, auch wenn er in meinem Inneren herumwühlt und mich zum Sehen auffordert, immer dann, wenn ich lieber wegsehen würde. Um ehrlich zu sein, sind Begegnungen mit mir selbst, nicht immer erfreulich, aber jetzt... jetzt im Augenblick, bin so glücklich wie schon lange Zeit nicht mehr. Die innere Reise, die der Schöne mir verordnet hat, kommt einem Aufwasch gleich. Sie ist reinigend und befreiend, wenn auch im Ergebnis noch nicht das, was ich vorzufinden wünsche. Wachstum dauert; es erfordert Geduld. Geduld mit sich selbst. Verliert man sie, die Geduld, bleibt man lebenslang ein Moses an Bord seines eigenen Schiffes. Man hat die Wahl: Kapitän zu werden, oder ewig ein Moses zu bleiben. Ich entscheide mich natürlich für das Amt des Kapitäns meines Schiffes namens Leben, der vertraglich, unter „Seiner"-, des „Ewigen" göttlichen Reederei, durch diese geschenkte Zeit segelt. Die einzige Reederei auf Erden überhaupt, die ein Rundum-Versicherungspacket anbietet und liefert, wenn man die Statuten befolgt. Statuten ohne Kleingedrucktes. Die sicherste, ehrlichste, zuverlässigste Reederei namens „Gott."
Wir, der Schöne und ich, halten wieder unsere Gesichter in die Sonne, die bald, hinter dem kleinen, bewaldeten Buckel verschwinden wird. Es ist spät geworden. Der Tag zog vorbei ohne dass man es bemerkte, so ins Gespräch vertieft wie wir sind. Von Meer her zieht der Duft des salzigen Wassers zu uns herüber. Leicht algig, leicht salzig riecht es; ein Zeichen dafür, dass der Abendwind sich gedreht hat.

Nun kommt er aus Osten, treibt die kleine Wolkenformation vor sich her, und macht den Himmel wieder klar und blau. Die Dämmerung ist der Sonne bereits auf den Fersen. In einer Stunde wird sie verschwunden sein. Tröstlich zu wissen, dass sie Morgenfrüh wieder scheint. Mein Blick schweift zum Wasser. Wie könnte man hier, an diesem Ort, Fernweh bekommen? Unmöglich. Ich habe es gut getroffen und bin zutiefst dankbar darüber hier leben zu dürfen. Die Opfer, die man für dieses Ziel hier wohnen zu dürfen gebracht hatte, verblassen und verschwinden fast gänzlich, um dem Hier und Jetzt Platz zu machen. Vergessen stellt sich wohltuend, ganz langsam, schleichend und milde, immer mehr in mein Innerstes ein. Ein Fetzen Erinnerung noch, nur ein ganz kleiner, und dann mit Macht das „Jetzt", das „Hier." Hier auf diesem Sessel, der Schöne an meiner Seite sitzend, ruhend, dösend und völlig entspannt, innerem Frieden hingegeben. Friedlich. Friedlich uns still. Ich freue mich über den kleinen Abstecher den er, der Schöne, bei mir gemacht hat, obwohl ich eigentlich etwas ganz anderes vorhatte. Das hat Zeit; das kann warten. Alles ist gut. Mir fällt auf, dass ich den ganzen Nachmittag nicht eine Zigarette geraucht habe. Es ist doch zum Mäusemelken, dass ich verführbarer Mensch der Ablenkung bedarf, um dieses Laster einzudämmen. Demütig-, reumütig, schwach und verführbar bekenne ich mich schuldig. Ich weiß es jetzt schon, dass ich daran nichts ändern werde. Keine guten Vorsätze zu Jahresbeginn, weil sie ohnehin zum Scheitern verurteilt wären. Also lasse ich es bleiben, die Sache mit den guten Vorsätzen. Großzügig gestehe ich mir *ein* Laster zu. Nur eins, keine zwei oder drei. Nur eins. Schließlich ist alleine sein zu wollen kein Laster, sondern nur ein frei gewählter Zustand, sogar, wie ich seit heute weiß, mit Genehmigung von höchster Stelle. Vermutlich, weil dieser Zustand meine persönliche Rettung bedeutet. Rechtfertige ich mich gerade vor mir selbst? Das sollte ich mir dringend wieder abgewöhnen. Lieben sollte ich mich lernen. Bedingungslos, samt und sonders aller Defizite. Die auch, die Defizite. Die auch.

Jonathan, eine unglaublich freche, impertinente, riesengroße Möwe, landet mitten vor uns auf dem Balkongeländer und glotzt uns interessiert, ungeniert an. Der Schöne und ich öffnen unsere Augen und glotzen überrascht zurück.

„Ich kann diesen Vogel nicht ausstehen, sage ich entrüstet über so viel Frechheit. „Er, Jonathan, wie ich ihn getauft habe, sitzt oft stundenlang vor meinem Fenster und beobachtet mich. Gehe ich raus um ihn zu verjagen, bleibt er tapfer so lange sitzen, bis ich ganz nahe an ihn herangetreten bin, dass ich ihn schon fast berühren kann. Erst dann macht er sich schreiend davon. Er verlacht mich, jede Wette."

„Ich dachte du bist so eine passionierte Tierliebhaberin. Wenn ich noch an die Arie mit deinem Igelkrankenhaus denke, wieviel Zeit du dafür geopfert-, wieviel Geld du verpulvert hast, muss ich heute noch den Hut vor dir ziehen. Vielleicht war es ein bisschen übertrieben dich für deine Igel, anstelle für deinen Ehemann zu entscheiden, als er dich vor die Wahl gestellt hatte: Er oder die Igel. Einfach lapidar „und Tschüss" zu dem armen Mann zu sagen, war auch nicht gerade die ganz feine Art. Aber lassen wir das;

ich weiß dass du nicht gerne darüber redest. Kommen wir lieber zu diesem beherzten, neugierigen Möwerich zurück. Was hast du gegen Jonathan, wie du ihn nennst? Er tut doch nichts. Er glotzt nur."

„Er beklaut mich. Ich kann nichts, aber auch rein gar nichts Essbares auf den Balkon hinausstellen, ohne dass er seine neugierige Nase hineinstreckt, oder es ohne zu zögern, einfach mitnimmt. Und zum Dank für seinen erfolgreichen Beutezug, scheißt er mir auf meinen schönen Holz Belag. Nachdem ich hier vor elf Jahren – meine Güte, die Zeit vergeht - eingezogen bin, hatte ich zur Einweihung ein paar Freunde eingeladen um mit mir zu feiern. Es war November und kühl draußen. Der Kühlschrank ist leider nicht groß genug, also stellte ich ein sündteures Carpaccio zur Kühlung auf den Balkon hinaus. Als die Gäste kamen, und ich ihnen eine Vorspeise anbieten wollte, erlebte ich eine böse Überraschung. Jonathan saß auf der Brüstung und beobachtete - rund und satt - mein Entsetzen. Ich glaube er hat sogar gerülpst. Seitdem habe ich ihn am Hals, weil er denkt, dass ich den gleichen Fehler noch einmal mache. Ich kann ihn einfach nicht leiden. Sieh´ nur wie groß er ist dieser Mistkerl. Und wie frech er uns anstiert."

Der Schöne hebt sanft seine rechte Hand wie zum Gruß, und der freche Vogel macht sich - ohne lange zu überlegen oder herumzuschreien, gehorsam davon. Ich staune nicht schlecht. Bei mir macht er das nicht. Mich provoziert er. Ich muss ihm erst hinterherjagen und mich tierisch aufregen. So, als spiele er mit mir, benimmt er sich mutig provokant.

„Sprichst du auch möwisch, oder warum gehorcht Jonathan dir auf ein simples, stilles Handzeichen?"

„Tja... Das sind die Vorteile eines Schutzengels. Ich habe noch mehr solcher schicken Tricks drauf. Jonathan wird dich nicht mehr belästigen, ich habe ihn weggeschickt. Er lässt dich in Ruhe."

„Tausenddank. Damit hast du mir einen echten Gefallen getan. Das freut mich wirklich sehr. Er nervt."

„Kann man dir so leicht, so einfach eine Freude machen? Das war doch nicht der Rede wert."

„Ja. Man kann mir schon sehr leicht eine Freude machen. Oder schwer – wie man´s nimmt."

„Schwer? Denkst du an etwas Bestimmtes?"

„Oh ja. Und ob. An etwas sehr bestimmtes sogar."

„Na dann schieß mal los. Ich bin gespannt."

„Ich muss aber ein bisschen weiter ausholen. Hast du noch so viel Zeit, oder musst du mich bald (leider) wieder verlassen?"

„Ja, ich habe noch so viel Zeit. Und nein, ich muss dich nicht verlassen. Ich verlasse dich überhaupt nicht, meine Liebe. Nie nicht. Ich bin bloß nicht immer sichtbar, vergiss das nicht. Du kannst jederzeit mit mir reden. Ich höre alles was du sagst."

„Gut zu wissen. Dann werde ich in Zukunft davon regen Gebrauch machen. Natürlich nur dann, wenn ich alleine bin. Nicht dass am Ende noch jemand von mir denkt ich sei übergeschnappt."

„Mach´ dir darüber keinen Kopf. Du bist wahrhaftig nicht der einzige Mensch auf der Welt der mit seinem Schutzengel kommuniziert. Und außerdem: Du musst dabei nicht einmal laut reden. Gespräche im Geiste werden ebenso erhört wie die Sprache selbst. Probiere es aus; es wird dir guttun."

„O.k. Mach´ ich. Versprochen. Freude... Also gut. Dann fange ich mal an. Am besten bei mir selbst; bei einer abgelegten, unschönen, Unwohlsein spendenden Eigenschaft, die ich, dem „Ewigen" sei Dank, Kraft meines gewonnen Glaubens, abschütteln konnte wie Wassertropfen auf dem Fell eines sich schüttelnden Hundes der den Wassern entsteigt."

„Die da wäre?"

„Unverzeihlichkeit. Nachtragend, sagt man auch dazu. Ich war nachtragend, garniert mit ein paar üppigen Briesen Stolz garniert."

„Ich verstehe nicht. Was oder wen meinst du?"

„Warte doch. Die Erklärung kommt sofort. Hetz mich nicht. So einfach ist es nicht darüber zu reden, weil mein Stolz nämlich dabei vor die Hunde ging. Es ist so: Ich habe eine Cousine; die Tochter von Mutters Halbschwester. Halbe Sachen sind in unserer Familie Gang und Gäbe, man redet nur nicht darüber. Der liebe Stolz, die Leute, der schöne Schein, du weißt... Diese Cousine und ich, wir waren schon als Kinder sehr, sehr unterschiedlich in unserer Haltung. Sie war und ist, bis heute, eher laissez-faire bis träge. Damals in der Schule, war sie sehr beliebt in ihrer Art und Weise. Sie scharte eine Clique gleichgesinnter Mädchen um sich herum, mit welchen sie zusammen, mich, zu gerne und aufs heftigste schikanierte. Bis hin zum Verprügeln, wenn sie mich wartend am Schulbus abfingen, um mir einen Denkzettel für ein frei erfundenes Vergehen zu verpassen, dass ich aber - ich schwöre dir, nie getan hatte. Ich habe nie gepetzt. Was hätte ich auch petzen sollen, außer vielleicht, dass sie nie Hausaufgaben machte; und vor allem bei wem? Bei ihrer Mutter vielleicht? Ganz sicher nicht. Ihre Mutter beschütze ihre Brut wie eine Löwin. Sie warf sich vor ihre beiden Töchter –

meine Cousine hat noch eine jüngere Schwester -
und ließ von außen keine Kritik, keine Beschwerde
gelten. Sie, meine liebe Cousine, brauchte aber einen
Grund um sich vor sich selbst zu rechtfertigen, warum sie mich, so auf dem Kicker hatte. Das war der
Dank dafür dass ich ihr, hin und wieder, die Schul-
aufgaben unter ihrer Haustür hindurchschob, weil
ich mir - eingeschüchtert wie ich war - so, einen
eventuellen Frieden und Freundschaft mit ihr, erkaufen wollte. Sie fuhr an solchen Tagen, an denen ich
ihr die Hausaufgaben frei Haus, unter der Haustür
hindurch lieferte, immer mit dem nächsten Bus, eine
Stunde später, mit abgeschriebenen Hausaufgaben in
ihrem Ranzen, zur Schule. Sie kam häufig zu spät. Es
war ihr egal, wofür ich sie ehrlich gesagt sogar be-
wunderte. Mir selbst fehlte für so eine Unverfroren-
heit immer der Mut. So, auf diese Art des Einschlei-
mens, erhoffte ich mir damals, könnte ich mir ihre
Freundschaft erkaufen und vielleicht sogar in diese
Clique aufgenommen werden. Der Handel ging jedoch nicht auf. Ich war und blieb ihr Lieblingsziel.
Ich hingegen - damals schon - führte ein eher sehr
zurückgezogenes Kinderdasein; vergraben in meinem Kummer über den ständigen Unfrieden zwischen Vater und Mutter zu Hause. Verstört, irritiert
von der Angst vor dem Jähzorn und den Übergriffen
des aufgebrachten-, oft betrunkenen, immerzu flu-
chenden Ehemannes, der sich meiner wehrlosen
Mutter gegenüber, so abscheulich, so niederträchtig
verhielt. Stunden- und tagelang konnte ich Bilder
malen oder Bücher lesen; still in einer Ecke sitzend
und mich unsichtbar machend. Ein Außenseiter war
ich damals schon; ein Sonderling wie er im Buche

stand. Schon als Kind. Meine Cousine hingegen, hielt dieses absonderliche, zurückgezogene, unerklärliche Verhalten meinerseits, für eine unberechtigte, überhebliche Arroganz. Sie beschimpfte mich in ihrer kindlichen Unwissenheit als dumme und eingebildete Kuh, weil sie mich, irrtümlich für ein Prinzesschen hielt. Sie warf mir vor, ich würde mich, wohl für etwas Besseres halten. Das musste ich so hinnehmen, konnte ich doch über die Missstände zu Hause nicht reden. Wie auch? Kinder reden über so etwas nicht frei heraus. Kinder schämen sich still und schweigen. Damals lebte mein Vater - von dem ich nicht wusste dass er es gewesen ist, noch in unserem Haus zur Miete. Er musste meinem stillen Leiden zusehen und konnte nichts dagegen tun, weil er nicht mein Vater sein *durfte*. Niemand im Dorf sollte davon Kenntnis bekommen. Ein Skandal den es zu vertuschen galt. Trotzdem: Alle wussten es; nur ich nicht. Er, mein leiblicher Vater, sorgte dafür, dass ich, einmal pro Woche zum Ballett-Unterricht in die Stadt gebracht wurde. Ein Privileg seinerzeit. Ein Privileg, welches mich noch weiter ins Abseits katapultierte. Er selbst nahm sich sogar die Zeit mich zu bringen. Dieses Privileg machte meine Cousine natürlich erst recht wild und zornig gegen mich. Alles wurde nur noch schlimmer. Meine Kindheit mag ich gerne vergessen machen. Kannst du das verstehen, mein Schöner? (Er, der Schöne, nickt schweigend).

Um diesem allgemeinen Elend zu Hause zu entkommen, habe ich auch viel zu früh geheiratet, wie du weißt, mein Schöner. Eine Fluchtheirat. Eine typische Fluchtheirat. Wie dumm von mir."

„Ich erinnere mich. Aber erzähle weiter."

„Zwischen meiner Cousine und mir, bestand also eine lebenslange-, in der Kindheit begründete Feindschaft, die sich auch nicht mehr beilegen ließ. Wir gingen uns über vierzig Jahre lang aus dem Weg. Sie lehnte mich kategorisch ab, und ich, verleugnete ihre Existenz. Als meine Mutter vor einem Jahr so schwer erkrankte, machte ich noch einmal einen zaghaften Annäherungsversuch, weil sie, meine Cousine, den Schlaganfall der Mutter, unmittelbar mitbekommen hatte und über alles informiert war. Sie wohnen im selben Dorf, meine Mutter und meine Cousine, musst du wissen. Es kam zu einem telefonischen Gespräch zwischen ihr, der Cousine, und mir, weil sie glaubte, mich, mit gehörigem Nachdruck und unüberhörbaren Vorwürfen, auffordern zu müssen, die Alten umgehend und auf der Stelle, in ein Heim zu verbringen. Alles andere sei Kokolores und verantwortungslos, weil ich mich ja nicht kümmern könne, wo ich doch vorzog so weit weg zu residieren. Ich versuchte ihr - unter Verzicht von irgendwelchen harten Gegenworten klarzumachen, dass ich gegen die Sturheit der Alten, keine Karten im Spiel hätte. Ich versuchte sie, mit freundlichen aber klaren Worten zu überzeugen, dass sie, das doch bitte einsehen möge, dass es mir weiß Gott nicht, am nötigen, erforderlichen Verantwortungsbewusstsein mangele. Im Gegenteil. Ich tat aus der Ferne mehr als man tun kann. Nichts zu machen. Meine Cousine wies mich vehement und ohne Verständnis für meine Situation zurück. Sie machte mir sogar latente Vorwürfe, weil ich nicht damit einverstanden sei, die beiden Alten in einem Heim unterzubringen. Ich solle mich mal reden hören, meinte sie vorwurfsvoll. Das war dann Zuviel des Guten. Ich

tat was sie, die Cousine, so nachdrücklich einforder-
te. Noch am gleichen Abend telefonierte ich wie eine
Verrückte nach einem Pflegeplatz. Ich muss dazusa-
gen, dass die beiden Alten an diesem Abend, meiner
Cousine gegenüber, unerwartet einsichtig waren und
einem Heim-Aufenthalt zugestimmt hatten. Vor lauter Angst vor dem Tod gaben beide, er und sie, ihr
Einverständnis zu einem schnellen Umzug; wenigstens vorübergehend. Ich traute aber dem Braten
nicht, weil ich meine Pappenheimer zu gut kenne.
Wie von Frau Cousine geheißen, telefonierte ich am
nächsten Morgen weiter nach Pflegeplätzen, fand sie
auch, machte aber keinen festen Termin aus. Bewusst nicht, weil ich schon ahnte, dass die Einsicht
vom Vorabend, der seit jeher bekannten Sturheit,
wieder gewichen ist. Und ich tat es deshalb nicht,
weil ich nicht *gegen* den eigentlichen Willen der Mutter handeln wollte. Auch wenn es jedem der diese
Geschichte hört, völlig absurd-, unvernünftig, vielleicht sogar grenzenlos starrsinnig erscheint; sie
weigerten sich – wie erwartet - am nächsten Morgen
beide, diesem Vorhaben weiterhin zuzustimmen. Für
mich war das keine wirkliche Überraschung, weil das
schon kenne. Aber für meine neunmalkluge Cousine
war es ein Schlag ins Kontor, weil sie einsehen musste, dass ich mit meiner Vermutung, ihr gegenüber,
Recht behalten hatte. Sie meinte es ganz sicher gut
mit den beiden Alten, aber sie muss auch einsehen,
dass wir nicht das Recht haben, gegen ihren Willen
zu handeln. Selbst dann nicht, wenn es für sie den
sicheren Tod bedeutet. Sie wollen unbedingt zu Hause sterben, und das sollen sie auch dürfen. Ich werde
mich nicht zum Vormund erheben. Ich nicht. Das ist

ein Thema - ein leidiges Thema wohlgemerkt, dass sicherlich der ein- oder die andere gut nachvollziehen kann, weil es in anderen Familien ähnlich zugeht. Da stimmst du mir sicherlich zu, mein Schöner. Oder? Was meinst du dazu? Sag´ was."

„Oh ja. Wir erleben es tagtäglich. Die Kinder wollen das Beste für ihre lieben Eltern, und erleben nicht selten dass man sie deswegen sogar verurteilt, oder noch schlimmer: Sogar als Erbschleicher bezeichnet, die den Tod der Eltern nicht abwarten können, wo doch das Gegenteil der Fall ist. Der Aufenthalt in einem Altenheim verzehrt schließlich das Erbe, die Alten sehen es nicht einmal ein."

„Na siehst du. Darum geht es bei uns noch nicht einmal. Mir wäre sogar sehr geholfen, gingen sie endlich in ein betreutes Wohnen, weil ich beruhigter leben könnte, wo ich doch so weit weg bin. Nun gut. Es ist wie es ist. Solch ein Schicksal, teile ich, ganz sicher, mit einer ganzen Reihe ebenso betroffener, hilfloser Nachkommen, die davon selbst ein hohes Lied singen können. Und was meine Cousine betrifft, sie buk von da an etwas kleinere Brötchen, und hielt ihre Vorwürfe mir gegenüber, von da an hübsch an der Leine. Nichts desto trotz musste etwas geschehen. So ging es nicht weiter. Wir nahmen eine Pflegekraft ins Haus die im Haushalt wohnte. Soweit so gut. So gut war das dann aber doch nicht. Meine Mutter fühlte schnell ihre Privatsphäre eingeschränkt und wurde noch kränker, noch ungehaltener, noch mäkeliger. Eine Option blieb noch: Die große Wohnung in der sie leben gehört mir. Ich biss also in den sauren Apfel und nahm viel Geld in die Hand, um die Wohnung altengerecht umzugestalten, und sämtliche Stufen -

innen wie außen, vollständig zu beseitigen. Jetzt geht es besser. Ohne Barrieren geht es immer besser. Nicht nur im Alter. Alle Unfallquellen sind somit verschwunden. Das Untergeschoss ist für die beiden Alten jetzt nicht mehr zugänglich. Treppenunfälle auf dem Weg zur Waschmaschine, wie wir sie schon mehrmals erlebt hatten, waren von nun an verbannt. Am Ende der aufwendigen, kostspieleigen Bauarbeiten, fuhr ich dorthin um die Einrichtung zu vollenden und neu zu strukturieren. Und dann, während dieses Aufenthalts, wagte etwas, was ich mir selbst niemals zugetraut hätte. Dass ich... ich diesen Schritt jemals gehen würde, war bis dato absolut ausgeschlossen. Du musst wissen, mein Schöner: Wenn ich bei meiner Mutter bin, sieht man von meiner Cousine nicht einmal einen Schatten. Sie ist unsichtbar. Solange ich anwesend bin ist sie unsichtbar. Sie erscheint erst dann wieder auf der Bildfläche bei meinen beiden Alten, wenn ich wieder abgereist bin."

„Warum? Was hast du denn so außergewöhnliches getan? Das hört sich spannend an."

„Tja... Ich bin mit einem großen, beherzten Satz über meinen eigenen Schatten gesprungen, und habe Cousine, samt ihrer Mutter, zum Abendessen eingeladen. Mehr als eine Abfuhr konnte ich ja nicht riskieren, nicht wahr? Und was soll ich dir sagen...: Sie nahm meine Einladung doch tatsächlich und wahrhaftig an. Das Einladungsgespräch wurde zwar zwischen meiner Mutter und ihrer Halbschwester - per Telefon geführt, aber ich konnte dabei zuhören, weil das Telefon immer auf „Mithören" geschaltet ist. Ich konnte hören, wie meine liebe, kritische, ablehnende Cousine, auf Nachfrage *ihrer* Mutter, der Einladung zustimmte. Da war ich aber platt, sage ich dir hier unter uns, mein Schöner. Damit hatte ich absolut nicht gerechnet. Weiß Gott nicht. Nie im Leben. Niemals. Ich sah meine Mutter wohl an wie ein paralysiertes Eichhörnchen, denn sie sagte ganz trocken, bei eingehender Betrachtung meines sehr überraschten Gesichtes: „Da staunst du, was?"

„Sehr schön", sagte der Schöne und nickte zufrieden.

„Was? Was ist schön?"

„Das du über deinen Schatten springen kannst. Dass du deinen Stolz überwinden kannst. Dass du nicht mehr nachtragend bist. Dass du verzeihen und vergessen kannst. Dass du loslassen kannst. Dass du…"

„Schon gut, schon gut. Krieg dich mal wieder ein. Das weiß ich selbst. Aber es kommt ja noch dicker, hör zu: Vollkommen überrumpelt von der Zusage, machte ich mich hurtig auf den Weg um einkaufen zu gehen. Nur das Beste sollte es sein. Nachmittags fing ich schon an, aufgeregt in der Küche herumzubrutzeln-, zu schnippeln, zu schneiden und parieren, filetieren, zu braten, zu köcheln, abzuschmecken und weiß der Geier was nicht alles. So aufwendig war ich schon lange nicht mehr Zugang. Zu Hause muss alles immer schnell gehen und möglichst wenig Dreck machen; wie das in einem Single-Haushalt nun mal so ist. Auf achtzehn Uhr waren die beiden Gäste beordert. Und was soll ich dir sagen: Die Uhr zeigte auf Sechs, da bimmelte die Haustürglocke auch schon. Sie ließ mich also nicht zappeln, die gute Cousine. Mutter wackelte umständlich mit ihrem Rollator zum Türöffner und ließ sie hereinkommen. Cousines Gesicht war zunächst noch verschlossen und abweisend-, reserviert, etwas distanziert. Ich tat als sähe ich es nicht und begrüßte sie, so, als sei alles zwischen uns in Butter-, nie etwas geschehen, nie etwas vorgefallen, was ein über vierzigjähriges Schweigen und aus dem Wege gehen, nach sich gezogen hatte. Fühlte ich mich unbeobachtet, betrachtete ich sie heimlich aus den Augenwinkeln. Sie sah gut aus, fand ich. Längst nicht so verlottert wie Mutter sie mir immer beschrieben hatte, wenn ich mich des Öfteren, beim wöchentlichen Telefonat, unauffällig nach ihr erkundigte. Nichts da von wegen: Ausgebeulte Jogginghosen und kilometerweite Sweatshirts, eine unmögliche Haarfarbe, nein. Sie sah ordentlich und sehr gepflegt aus. Richtig gut. Natürlich bemerkte ich auch ihre Blicke in meinem Rücken, wenn ich noch hantierend am Herd, abgewandt zum Esstisch stand. Und dann kam endlich das Essen auf den Tisch. Wir wünschten uns gegenseitig einen guten Appetit, und fingen an mit großem Hunger zu mampfen. Ich traute meinen Ohren nicht; meinen kurzsichtigen Augen unterstellte ich - misstrauisch wie ich bin, eine handfeste, waschechte Fata Morgana aus der Welt berüchtigter Naturwunder. Cousine lächelte. Sie lächelte und bewegte dazu ihren Mund. Dort, aus dieser Öffnung, aus *ihrem* Munde, kamen doch tatsächlich gesprochene Worte heraus. Sie machte mir ein riesengroßes Kompliment über meine Kochkünste und lächelte immer noch. Ich rieb mir kurz die Augen, aber sie lächelte weiterhin. Also doch keine Fata Morgana, wie ich zunächst annahm. Nach über vierzig langen Jahren eisernen Schweigens, lächelt diese Frau die meine Cousine ist, mich... *mich* höchst persönlich an, und spricht dabei auch noch Worte des Lobes. Würden die Polkappen so schnell schmelzen wie zwischen uns das Eis brach, stünde uns das Wasser bis zum Halse. Das stelle man sich mal vor: Über vierzig Jahre stoisches, eiskaltes Schweigen und jetzt das. Ein guter Beobachter hätte gesehen wie auf beiden Seiten der Druck abfiel; wie erleichtert wir ausatmeten, wie wir uns... *freuten*?! Freude. Sichtbare-, spürbare und emotional geladene, ehrliche, aufrichtige Freude. Ich war völlig überwältigt, überrascht, regelrecht von den Socken, und sogar ein bisschen dankbar darüber, dass meine hölzernen Bemühungen, nicht wie ein Tropfen auf einem heißen Stein, verdampften und sinnlos waren. Ihr ging es nicht viel besser als mir. In stiller Vereinbarung wurde es ein wirklich netter Abend. Niemand verlor ein Wort über die Vergangenheit-, das wieso, weshalb und warum. Ermutigt von so viel Zustimmung in meinem Unterfangen, trieb ich die Sache auf die Spitze. Ich wagte mich verdammt weit vor; bis nahe an ihren Stolz. Aber ich wollte es wissen. Mutig machte ich meiner Cousine ein Geschenk. Der Abend, vor dem ich mich so gefürchtete hatte, wurde zu einer Wende: Sie nahm es dankend an und umarmte mich sogar. Es kostete mich einiges an Anstrengung meine Tränen der Freude zurückzuhalten, wollte ich doch nicht mit Emotionen um mich werfen. Hätte mir vorher mal jemand plausibel erklärt, wie leicht-, wie einfach, wie befreiend es ist zu verzeihen, wäre ich diesen Weg schon viel früher gegangen. Menschen sind so dumm, mein Schöner. Ich könnte es wahrhaft gut verstehen wenn ihr euch, im Himmel, wegen uns - nicht ganz mängelfreien Menschen, pausenlos die Haare rauft. Dieses hohe Gefühl des inneren Friedens- der Dankbarkeit und reinen Freude, ist mit keiner Währung dieser Welt bezahlbar. Ich bin immer noch fix und fertig deshalb."

„Ich sehe es. Du bis ganz gerührt. Die Freude ist ganz meinerseits, kann ich dir versichern. Und wenn ich ganz ehrlich zu dir sein darf, lag diese Sehnsucht der Versöhnung schon lange in euren Seelen. Nur, wer sollte den ersten Schritt machen? Dazu bedarf es immer erst eines unnötigen, überflüssigen, schmerzvollen Schicksalsschlages, den in eurem Fall, deine so uneinsichtige, unvernünftige Mutter getroffen hatte. Verstehst du das, meine Liebe? Verstehst du jetzt etwas besser wie das Leben funktioniert?"

„Ja. Ich verstand sofort. Es fiel mir wie Schuppen von den Augen. Ich dachte im Moment ihrer Umarmung an einen lieben Autorenfreund der „Herrn Sturm" das Leben geschenkt hatte. Kurz bevor ich zu Mutter gereist bin, habe ich sein Buch voller Hingabe gelesen. Ich dachte an „Herrn Sturm" und die Farbe des Windes. Ich verstand jetzt viel besser als ohnehin schon; während des Lesens. Ohne diese Versöhnung und Vergebung, meine ich, begriff ich durch dieses schöne Buch schon so einiges im Vorfeld. Dieses Ereignis-, mein Erlebnis mit meiner Cousine, ist genau diese Liebe die darin gemeint ist; nicht wie ich vorher irrtümlich annahm, dass er, der Autorenfreund, die Liebe zu *einem* Menschen-, einem einzigen Menschen, einem Lebenspartner, einer „großen" Liebe meinte, und mir deswegen, beinahe schon ein wenig Angst einjagte, weil ich sie - *diese* Liebe, selbst nicht mehr empfinden kann, resultierend aus vorhergehenden, schmerzvollen und bitterbösen Enttäuschungen heraus. Jetzt hatte ich endlich verstanden. Jetzt verspürte ich große Freude."

„Freude über immaterielle Dinge, meine Liebe, hat ohnehin eine weitaus größere Bedeutung als freue man sich über irgendeinen sinnlosen Gegenstand, der bald schon wieder an Glanz verliert. Diese Freude ist die reinste Freude. Das hast du gut erspürt. Ich bin wirklich stolz auf dich."

„Danke für das Kompliment, mein Schöner. Damit machst du mir natürlich auch eine große, immaterielle Freude. Es fühlt sich richtig, richtig gut an mal gelobt zu werden. Und das aus deinem Munde, der du doch mit Kritik nicht gerade sparsam umgehst. Ach ja... Das muss ich noch kurz erwähnen: Nun sind wir - meine Cousine und ich - wieder in einem recht engen und herzlichen Kontakt miteinander. Wir telefonieren recht oft; beinahe jeden zweiten Tag. Natürlich haben wir auch kurz die bittere Vergangenheit angeschnitten. Ganz kurz nur. Wir sind uns beide sehr einig darüber, dass wir sie ruhen lassen sollten. Rückblicke - das wissen wir beide gewiss - sind zu nichts nutze, weil sie, Geschehenes nicht mehr rückgängig und ungeschehen machen können. Ich erwähnte ihr gegenüber nur, dass es schon recht bedauerlich sei, wieviel Zeit man vom Leben, für so einen Unfug vergeudet habe. Und ihre Antwort war so klug und Weise, so wohlüberlegt, dass sie mich erneut von sich selbst - von ihrer Person, zutiefst überraschte."

„Was hat sie denn gesagt?", wollte der Schöne wissen, der die letzten Sonnenstrahlen mit geschlossenen Augen wohlig genoss.

„Alles hat seine Zeit. Alles hat seine Zeit, sagte sie."

Liebe

Wenn man so über verschiedene Lebensthemen-, über Gott und die Welt, über sich selbst und sein kleines Leben, ganz in Ruhe und entspannt plaudern kann, das große Glück hat ein Ohr anzutreffen welches teilnimmt am Gesagten, schwemmt nicht nur einiges, altlastiges an die Oberfläche was besprochen werden will, es schwemmt sich auch aus was ausgeschwemmt werden muss; macht Platz für Schönes-, entlastet, befreit, zieht sich zurück in die stille, dunkle Kammer der Erinnerungen, wo es für immer verbleibt, weil man nicht vergessen-, sondern nur vergeben kann, wie ich heute weiß. Man muss es nicht vergessen das Geschehene, weil es uns ohnehin nicht gelänge, und „Er" das auch gar nicht von uns erwartet. Man braucht Geschehenem nur die Dominanz zu nehmen, und schon wird alles leichter. Damit lässt sich´s leben. So geht es ganz gut. Wirklich. Die alte Last-, das alte Schuldgefühl, das elende Kreisdenken nimmt an Bedeutung rasch ab, wird diffus und immer weniger spürbar. Ein wahrhaft gnädiger Vorgang, diese Vergebung, dieses Verzeihen. Es schafft Platz für die Liebe, die ich, jetzt endlich, in ihrer wahren Bedeutung- dem Sinn nach, verstanden habe. „Hast du dir denn auch selbst vergeben?", fragt der Schöne in meinen kaum beendeten Gedanken hinein. „Ich mir?" Wieso? Was...? Was soll ich mir denn vergeben? Was habe ich denn getan, was deiner Meinung nach, der Selbstvergebung bedürfe? Mein geliebtes Pferd und mein geliebter Hund, haben mir meine leichtsinnige Vernachlässigung doch angeblich vergeben und verziehen, hast du mir vorhin selbst bestätigt, sogar versprochen. Das hast du vor einer Weile, hier, an diesem Tisch, selbst gesagt. Ich weiß nicht was du jetzt meinst."

„Das meine ich auch nicht damit. Gewiss nicht. Mein Versprechen hat absolute Gültigkeit, verlass dich drauf. Alles ist gut. Ich meine *dein* Urteil, dein hartes Urteil über *dich* selbst. Du gehst immer noch sehr hart mit dir ins Gericht, weil du dir, die Zeit des Atheismus und der Agnostik, nicht vergibst. Das macht nicht wirklich Sinn, meine Liebe."

„Ja, das stimmt schon. Dir entgeht aber auch nichts, wie? Ich habe Erstens: Eine unmessbare Menge guter Gefühle-, wohltuende Geborgenheit, die Gewissheit beschützt zu sein, fröhliche und entspannte Gelassenheit, hilfreiche Erleichterung und positive, motivierende, aufheiternde, gute, kraftspendende Gedanken *verpasst.* Und glaube Zweitens: Bereitet es mir ein wenig Sorge, dass ich auf meinem Lebens-Konto nicht mehr genügend Punkte sammeln kann, weil ich doch schon ein paar Jährchen auf dem Buckel habe, und nicht weiß wieviel Zeit mir noch bleibt um etwas aufzuholen, um vor „Ihm", einigermaßen gut dazustehen. Ich möchte-, ich *will* „Ihm" gefallen. Wie soll ich das denn wieder einigermaßen wettmachen was ich schon so alles versemmelt habe?"

„Darüber mach´ dir mal keine unnötigen Gedanken, meine Liebe. In Beurteilung deiner Person-, bevor du die letzte Reise antrittst, kommt es lange nicht - wie von dir irrtümlich angenommen, auf Quantität- sondern auf Qualität an. Und sei es noch so wenig, wie du befürchtest: Der gute Wille-, die Reue, die Treue, die gottgefällige, spirituelle Mischung macht´s. Ganz fromme-, frömmelnde, womöglich bigotte Menschen, wandern unter Umständen mit Abtrünnigen in einen Topf. „Seine" Wege sind unergründlich. Halte dich lieber an Aussagen wie die von deinem Freund Alfred. Er blickt auf seine Weise durch, wenn er, einen Mörder und Totschläger, nicht von vornherein in die Hölle verwünscht, weil er schon auf einer höheren Ebene angekommen ist. Auch wenn du es nicht immer verstehen kannst, meine Liebe: Ein Mörder ist ein Mensch. Setzte Fanatismus mit einer Krankheit gleich, so wird es dir leichter fallen sie, diese Mörder und Totschläger, *nicht* mit gleicher Münze zu verdammen. Dein Peiniger hat dich zwar nicht umgebracht, aber er führte es im Schilde. Wo ist der Unterschied, frage ich dich? Wo? Ich sehe keinen. Ihm konntest du – zwar unter großen Anstrengungen wie ich weiß, seinen Irrsinn verzeihen. Du hast dich Gott sei Dank an der Aussage von Thies orientiert und es gelang dir. Sogar besser als du es selbst für möglich gehalten hast. Erinnere dich doch zurück wie gut es dir danach ergangen ist, als du, endlich, die Kraft aufbrachtest, zunächst noch Mitleid zu empfinden, und später sogar zu *vergeben* was er dir angetan hatte. Lass dir die neue, die wundervolle Leichtigkeit in deinen wiedergefundenen Gefühlen gut schmecken. Bleibe bei dieser erleichternden Art und Weise, sie ist ein Stückweit auch Liebe. Liebe zur Heilung der Welt und dir selbst. Ein guter Anfang. Und sieh´ mal: Du brauchtest dich nicht zum Richter zu erheben. Das hat „Er" für dich erledigt, weil du deinen Kummer endlich, nach so langer Zeit, an „Ihn" abgegeben hattest. Ist das nicht wundervoll?"

„Grund Gütiger, ja. Natürlich ist das wundervoll. Mehr noch als das. Ich bin nur immer noch sehr, sehr

überrascht, wie konsequent meinen Peiniger „Sein"
Schwert getroffen hat. An eine so krasse Lösung habe
ich selbst überhaupt nicht gedacht. Von mir aus
könnte er gerne noch leben, wenn er mich nur in
Ruhe ließe. Das hätte mich nicht weiter gestört."
„Es war nicht anders zu handhaben. Dein Peiniger
war im Geiste schwerkrank und uneinsichtig. Man
konnte ihm auf keine andere Art und Weise beikommen. Auch „Er" nicht. Nichts zu machen. Besessenheit sollte nicht und niemals unterschätzt werden. Hinzu kommt noch: Dass er nicht nur dein Leben zerstörte, sondern auch das seiner aktuellen
Lebensgefährtin und sein eigenes. „Er" hatte ihm,
deinem Peiniger, wahrhaft so viele Chancen eingeräumt etwas an sich zu ändern, die er, allesamt, ausnahmslos, ungenutzt und unbeachtet verstreichen
ließ. Seine Prüfung bestand darin, dass er lernen
sollte dich loszulassen. Leider versagte er kläglich,
wie wir-, du, ich und „Er" wissen. Und irgendwann ist
eben Schluss mit lustig. Auch für „Ihn", den „Ewigen."
Seine Gnade ist zwar groß aber nicht grenzenlos.
Nun gut... Lassen wir dieses Thema ruhen. Wir haben es bei meinem letzten Besuch schon ausführlich
genug erörtert. Mich würde etwas ganz, ganz anderes, spezielles, allerdings sehr brennend interessieren: Mal angenommen, morgen würde deine einzige
große Liebe, die du im Leben überhaupt je hattest,
mit gepackten Koffern, reumütig an deiner Tür klin-
geln und würde um Einlass bitten, weil er sich *jetzt*
zu seiner Liebe zu dir bekennen könnte, dürfte, wollte, was damals - wie wir beide uns erinnern, nicht
möglich gewesen ist; was würdest du dann tun? Ge-
währst du ihm den erbetenen Einlass?"

„Och nee... Fällt dir denn keine bessere Frage ein? Ich habe diesen Knallkopp sooo schön vergessen und ordentlich beiseite gepackt. Jetzt musst du mich ausgerechnet an ihn erinnern. Warum?"

„Nur so. Ich will einfach nur wissen wie du reagieren würdest stünde er vor dir. Mehr nicht. Meine Frage hat keine bestimmte Bedeutung."

„Na gut. Weil du es bist, mein Schöner. Dann will ich mal nicht so sein. Also...: Würde er es wirklich *wagen* hier aufzutauchen, und womöglich für immer bleiben zu wollen-, würde er mir brühwarm erklären dass ich ihn doch schließlich schon immer haben wollte, und nun sei er, in bester, aufrichtigster Absicht da um bleiben zu können, würde ich ebenso brühwarm zu ihm sagen, dass er sich gefälligst zum Teufel scheren soll. Genau das würde ich machen. Jawohl. Ehrenwort. Ganz sicher. Ich bin mir hundertprozentig sicher. Das würde ich sagen."

„Mhm... Er bekäme also keine zweite Chance?"

„Zweite...? Bis du irre? Ha... von wegen zweiter Chance, mein Schöner. Es wäre die Vierte. Aller guten Dinge sind drei haben wir schon längst hinter uns. Auch wenn ich im Laufe meines Lebens festgestellt-, begriffen, kapiert habe, dass ihr - dein Chef und du, mir die Zahl „Vier" als bedeutungsvollste Zahl zu Seite gestellt habt, so würde ich sie in diesem speziellen-, ganz besonderen Falle, konsequent ignorieren. Ich pfeife auf die Vier. Ganz laut, wenn du´s genau wissen willst. Ich pfeife drauf."

„Warum eigentlich? Für die Liebe ist es doch nie zu spät. Nie."

„Blödsinn. Aber echt. Du erzählst vielleicht einen Schweizer Käse. Ganz so dumm bin ich jetzt auch

wieder nicht. Er, meine bla, bla große Liebe, wie du so treffend festgestellt hast, hat sich damals, volle neunzehn Jahre lang für Papas großes Erbe entschieden, und Geld, in Bezug auf meine Person, allumfassend den Vorrang eingeräumt. Er, meine bla, bla große Liebe, hat sich glasklar für die Moneten entschieden. Und wenn er, jetzt, seinen Fehler einsehen würde, könnte ich ihm leider nicht helfen. Von mir aus kann er an dem vielen Geld ersticken, der Blödmann. Ich brauche weder ihn noch seine Kohle. Was ich brauche besitze ich selbst; aus eigener Kraft mit Fleiß erarbeitet. Ich muss weder, jemandem dankbar-, noch in irgendeiner absurden, unangenehm verpflichtenden Form von jemandem abhängig sein. Warum sollte ich, deiner Meinung nach, daran etwas ändern wollen, wenn ich die hehre, wundervolle Aussicht darauf hätte, *nach* dem schnöden, blöden Mammon, lebenslang auf Platz zwei herumzudümpeln. Oder willst du mir jetzt weismachen dass er sich geändert hat? Das glaubst du doch wohl selber nicht. Vorhin haben wir gemeinsam festgestellt, dass Menschen sich *ver*ändern, aber nicht ändern. Na also... Da haben wir´s doch schon."
„Und wenn doch? Angenommen er bereut seine Entscheidung von damals, was wäre dann?"
„Nichts wäre dann. Ich bleibe bei meiner Haltung. Die Katze, ist den Baum leider hoch. Nix zu machen. Scheiß auf die Liebe. Grrr... Das macht mich wütend. Echt jetzt. Diese Art von Liebe braucht man schließlich nicht zwingend. Es gibt genügend andere Arten von Liebe, die, mit viel weniger Stress behaftet sind. Und außerdem: Dass kann ich dir gleich-, hier in die Hand hinein versprechen: Er, meine große bla, bla

Liebe, würde die Art und Weise-, die unzähligen Stunden die ich am Computer verbringe, die unzähligen Stunden, Tage, Wochen und Monate, in denen ich mich fast vollständig zurückziehen will, nieeemals akzeptieren und tolerieren. Nie im Leben. Er gehört auch zu den Männern die deine volle Aufmerksamkeit beanspruchen. Also nochmals: Darauf ist echt geschissen. Das brauche ich nicht. Ich *will* dieses einsiedlerische Gammel-, lotter, freie, unkonventionelle, unabhängige, herrliche Singleleben nicht aufgeben, weil ich es Tatsache liebe so zu leben. Und verschone mich bitte damit, dir, eine Statistik unter deine feine, hübsche Schutzengelnase halten zu müssen. Du kennst sie viel besser als ich, diese Statistik. Und verschone mich damit, mich bekehren zu wollen. Der Preis für ein bisschen Zuneigung und Zärtlichkeit ist mir viel zu hoch. Ich habe schon immer ordentlich draufgelegt bei diesem Handel. Damit ist jetzt endgültig Schluss. Zeige du mir doch bitteschön einmal sooo einen toleranten Mann, Herr Schutzengel. Zeige ihn mir. Du hast jetzt sicherlich ein Problem, nicht wahr? Hast du...?"

„Hab´ ich nicht. Du irrst dich aber gewaltig, meine Liebe, wenn du das wirklich glaubst. Solche Männer gibt es sehr wohl. Jawohl...die gibt es."

„Ja, ja. Auf dem Mond vielleicht. Den kannst du auch behalten. Ich bin bedient; ein für alle Mal. Die andere Liebe-, diese... diese schöne, sichtbare Liebe, die, die man mit seinen Mitmenschen ausleben kann wenn man will, die ist mir tausendmal lieber. Sie genügt mir. Voll und ganz. Dafür muss ich nur Achtung, Respekt und Toleranz investieren. Nicht aber alles mich betreffend. Das bekomme ich auch ohne mich verbiegen zu müssen. Und noch etwas: Es ist eine Sache, dass er - meine bla, bla, große Liebe, meinen Lebensstil nicht tolerieren würde; und es ist eine ganz andere Sache, dass ich *seine* Haltung, seinen Habitus nicht akzeptieren kann. Denn - sei doch mal ehrlich: Was führt er - meine bla, bla große Liebe, doch bis heute für ein ärmliches, bedauernswertes, mickriges, kleines Leben? Er ist nicht, er existiert nur, eingeschnürt in ein enges Korsett aus vorgeschriebenen Konventionen mit allerhand Kontrolle über ihn. Jeder seiner Schritte wird beobachtet und bewertet. Schrecklicher Gedanke, wenn du mich fragst. Und seine Hochmütigkeit, die geht mir gehörig auf die Nerven; seine monetäre Orientierung-, seine Vorurteile über Menschen die nicht so viel im Leben erreicht haben wie er, seine spöttische Art und Weise der Beurteilung überhaupt. Man braucht keinen Professorentitel um an Herzensbildung zu gelangen. Entweder ich habe sie, oder ich habe sie nicht. Basta. *Ich* könnte bei seiner Tätigkeit mitreden, weil wir in der gleichen Branche arbeiteten, aber *er* könnte heute, meine Leidenschaften, nicht mehr verstehen. Damals schon nannte er mich immer etwas abfällig: „*Meine kleine Philosophin*", was durchaus nicht als Kompliment zu verstehen ist. Ganz und gar nicht. Hätte er mich als Spinner tituliert, es hätte die Sache genauso auf den Punkt getroffen. Er, meine bla, bla große Liebe, hat leider überhaupt keine Ahnung davon, wie arm er selbst ist. Reichtum wird in Zeit bemessen, nicht in Geld. Das weiß er nicht. Und wenn... Wenn er heute, dieser Haltung überdrüssig wäre, könnte ich das zwar sehr gut verstehen, aber es ist zu spät. Es ist definitiv zu spät. Der Zug ist raus."

„Na, mal sehen. Man soll bekanntlich niemals nie sagen, nicht wahr? Mal sehen."

„Mach bloß keinen Scheiß, mein Schöner. Lass die Finger von meinem nichtvorhandenen Liebesleben. Alles ist gut. Bestens, um genau zu sein. Außerdem: Ich habe noch so viele andere Mängel, über die von mir angeführten Argumente hinaus, die kann man nicht so mirnix, dirnix einfach überlieben. Das wäre zu viel verlangt. Und deshalb, ich betone es noch einmal ganz ausdrücklich: Ich will meine Ruhe haben. *Ich-Ruhe-haben-wollen-will*, You understand?"

Endlich lacht der gesegnete-, schöne, erhabene, sehr entspannt wirkende, Schutzengel wieder sein schönes, wohltuendes Lachen. Er schüttelt höchst amüsiert mit seinem schönen Kopf und sagt: „Ts, Ts, Ts…"

Mir fällt ein mächtig großer Stein vom Herzen. Ich dachte schon er meint es ernst; die Sache mit der lieben Liebe. Die Sache mit dem Replay.

„Was ist jetzt? Thema erledigt? Abgehakt?", frage ich zur Sicherheit noch einmal kurz nach. Man kann ja nie wissen.

„ Thema erledigt. Ja. Zufrieden?"

„Sehr."

Zukunft

Die Sonne verliert nun spürbar ihre wärmende Kraft, so kurz bevor sie, bald, hinter dem kleinen Hügel vollständig verschwindet. Jetzt, um diese milde Uhrzeit, sind die Temperaturen wie Samt und Seide auf der Haut; nicht mehr zu warm, sondern schmeichelnd und sanft. Eine Liebkosung noch; der Wind ein zärtlicher Hauch, ein Atem, „Sein" Atem? So stelle ich „Ihn" mir doch vor, erinnere ich mich. Der Wind „Sein" Atem, ja.

Das Päckchen mit den Zigaretten liegt immer noch unberührt vor mir auf dem Tisch. Die Erkenntnis, dass Rauchen eigentlich doch überflüssige-, eine sehr schlechte Angewohnheit ist, bleibt natürlich nicht lange aus. Mein Gewissen turnt ein bisschen rum. Trotzdem werde ich mein Laster nicht abstreifen. Das weiß ich natürlich so sicher wie das Amen in sämtlichen Kirchen. Eine gewisse labile Unfähigkeit zur nötigen Veränderung, muss ich bei mir selbst, leider auch feststellen-, einräumen, eingestehen und demütig zugeben. Unfähigkeit und Schwäche, mangels erforderlichem, guten Willen, finde ich ganz nah, ohne mich von mir selbst fortbewegen zu müssen. Die sich aufdringlich aufdrängende Gretchenfrage, ob es um eine Besessenheit so ähnlich bestellt ist, muss ich mir somit mit „Ja" beantworten. Egal um welche Schwäche es geht, wir müssen selbst zusehen, wie wir damit fertig werden. Und was die Zukunft betrifft, sollte man, wenn möglich, wenigstens den *Versuchen* etwas zu verbessern, treu bleiben. Ob sie gelingen, diese Versuche, welche bevorzugt am ersten Januar eines jeden Jahres gestartet werden, steht wieder auf einem ganz anderen Blatt. Nach gutwilligen, zweifelsfrei ernstgemeinten Versuchen-, Vorsätzen, Vorhaben, Änderungswünschen, steht auf Platz zwei die Niederlage – Hand in Hand mit Versagen im Bunde, und lauert auf ihren sicheren Sieg. Dann halt nächstes Jahr... Mal sehen.

„So vehement wie du deinen festen Standpunkt vertrittst, kann ich also davon ausgehen dass du, bis ans Ende deiner Tage, so weiterleben willst wie bisher. Ist das richtig?"

„Gut erkannt. So ist es. Genauso will ich es halten. Keine Veränderungen mehr; bitte, bitte nicht."

„Und du hast keinerlei Erwartungen an irgendwas, an irgend wen? Nicht Eine? Nicht eine ganz Winzige? Eine ganz Kleine?"

„Doch, doch. Natürlich habe ich für die Zukunft Erwartungen. Jeder Mensch hat Erwartungen. Aber sie betreffen nicht meine lieben Mitmenschen, nicht die Welt; die nicht. Sie betreffen auch nicht meinen Status dass ich weiterhin alleine lebe und will. Sie betreffen mich selbst. Nur mich und „Ihn", den „Ewigen. Meinen neuen Freund."

„Helfe mir auf die Sprünge. Erzähl."

„Da wäre nämlich eine Sache noch, die mich schon eine Weile sehr beschäftigt, und ich weiß nicht wie ich sie abstellen kann."

„Vielleicht kann ich dir dabei helfen. Um was genau dreht es sich. Sprich."

„Du kennst doch mein Lebensmotto, nicht wahr?"

„Kenne ich. Ja. Gut sogar. Bestens. Du sagst zu dir selbst - schon fast wie das Sprechen eines Mantras, das du, meine Liebe, *nicht* auf die Welt gekommen bist um anderen Menschen zu gefallen. Was ist damit? So schlecht ist das doch gar nicht. Diese Aussage bezeugt mir sogar dein gesundes Selbstbewusstsein. Jeder Mensch braucht Selbstbewusstsein. Alleine schon zu seinem eigenen Schutze."

„Nein, schlecht ist es nicht, sonst hätte ich es nicht schon so lange beibehalten. Ich bete es mir zwar immerzu vor, aber mit der konsequenten Ausführung hapert es noch. Die Ausführung ist noch nicht vollkommen, sie ist verbesserungsbedürftig."

„Inwiefern?"

„Ein kleines Beispiel: Neulich, ja... neulich habe ich wieder einmal - verwegen wie ich bin - einen meiner seltenen, beherzten Versuche gewagt, mich selbstbewusst und mutig in die Massen zu stürzen. Vor unserem Haus war wieder einmal eines der unzähligen Feste die für unsere Gäste veranstaltet werden. Ich hörte von hier aus eine Musik aus der Ferne, die mir sehr zusagte, also bin ich kurzentschlossen nach unten gegangen, und habe mich an der Promenade auf diese, eigens dafür angelegten Holzterrassen gesetzt, um zu lauschen. An einem der Stände kaufte ich mir ein überteuertes Tomaten-Käse-Sandwich mit Chilisauce, weil ich mir zu Hause keine Arbeit mehr machen wollte. Es bot sich an. Vorher, bevor ich dieses Sandwich aufgegessen hatte, lief ich unbehelligt - bekleidet mit einer weißen Jeans und einem weißen Shirt, einigermaßen guter Dinge durch die Menschenmassen. Ich fühlte mich zwar nicht unbedingt wohl dabei, aber es ließ sich ganz gut ertragen. Trotzdem war ich froh als ich, mit meinem Sandwich bewaffnet, ein angenehmes Plätzchen gefunden hatte wo ich mich niederlassen konnte. Nachdem ich mit großem Hunger meine kleine Mahlzeit verputzt hatte, fiel mein Blick auf meine weiße Jeans. Ich weiß auch nicht, aber es muss an der Reinheit dieser Unfarbe liegen, dass ich immer nur *dann* kleckere, wenn ich weiße Kleidung trage. Es ist zum Davonlaufen, ehrlich jetzt. Wenn ich schon einmal - sehr selten leider, mit meiner einzigen Freundin die ich hier habe, zum Italiener gehe um etwas Rotes zu essen, habe ich garantiert ein weißes Kleidungsstück an. Murphys Law schlägt gnadenlos zu. Es würde mich brennend interessieren ob es anderen Menschen auch so ergeht. Nun gut. Ich sah also, dass ich wieder einmal gekleckert hatte. Gerade frisch gewaschen, und schon wieder eingesaut. Und jetzt passiert es. Als ich nach einer Stunde wieder nach Hause ging, fühlte ich mich von Jedermann angestarrt. Und alles nur weil ich einen großen, roten, unübersehbaren Fleck auf meiner Hose hatte, von dem ich selbst, meinen Blick nicht mehr lassen konnte, so, als sei dieser Fleck wie ein übermächtiger Magnet für meine kritischen Augen. Der kurze Weg zurück zum Haus entwickelte sich für mich zum unangenehmen Spießrutenlauf. Und nun frage ich dich, mein Schöner: Hab´ ich sie noch alle? Es ist doch nicht zu fassen wie schnell mein Selbstbewusstsein beim Teufel war, oder? Wie schnell sich meine Haltung und meine Freude darüber, dass ich es wieder einmal geschafft hatte unter Menschen zu gehen, ins Gegenteil veränderte. Sieht ganz so aus, als habe ich mich, über mich selbst etwas zu früh gefreut. Wie leicht ich noch aus dem Tritt zu bringen bin, jagte mir einen gewaltigen Schrecken ein. Hieran ist also meine große Erwartung für die Zukunft geknüpft. Das will ich nicht mehr. Es muss sich dringend etwas ändern. Niemand will mir etwas, niemand sieht mich schäl an, keine Sau interessiert sich für mich, wirklich nicht. Keine Menschenseele schenkt mir Beachtung. Womöglich habe nur *ich* diesen Fleck wahrgenommen. Nur ich. Niemand anderer sah hin. Und wenn doch, ist es doch eigentlich völlig schnuppe, völlig egal. Es ist doch nur ein Fleck. Ein dämlicher roter Fleck. Das muss endlich in meinen blöden, verbogenen, malträtierten, begriffsstutzigen Schädel hinein; es muss ankommen und sitzen. Unter Menschen zu gehen-, sich frei zu bewegen, ist doch schließlich etwas völlig harmloses. Etwas ganz normales und nichts bedrohliches, nicht wahr? "

„Natürlich. Natürlich ist es für andere Menschen etwas völlig normales und harmloses, wie du sagst. Nur für dich eben nicht, meine Liebe. Und ja... Das hast du gleich selbst richtig erkannt als du sagtest, dass nur *du* diesen roten Fleck gesehen hast, die anderen Menschen aber womöglich gar keine Notiz davon nahmen. Trotzdem: Du hast deine Sache doch ganz großartig gemacht, finde ich. Immerhin: Vor zwei Jahren noch, wäre dir die Idee hinunterzugehen um Musik zu hören, erst gar nicht in den Sinn gekommen; nicht einmal ansatzweise. Beachte deine Fortschritte und nicht dein Versagen das du dir immer schnell selbst zuschreibst. Und wenn ich, in Bezug auf deine wenigen Erwartungen für die Zukunft etwas beitragen darf, dann würde ich dir empfehlen, dich weiterhin in Geduld zu üben. Alles was gut werden soll braucht seine Zeit. Habe Geduld mit dir; das wird schon. Bleibe dran, hör' nicht auf damit wieder unter Menschen zu gehen. Vertraue auf „Ihn", dass „Er" dich begleiten wird; und ich bin ja schließlich

auch noch da. Und was meine Wenigkeit betrifft: Ich verspreche dir allen Schutz den du benötigst, damit dir nichts geschehen kann was du nicht ertragen könntest. Dieses Manko-, dein großes Manko in Bezug auf deine ewige Ungeduld, war übrigens einziger Inhalt deiner auferlegten, harten, nachhaltigen und grenzwertigen Schicksalsschläge, meine Liebe."
„Wie bitte? Wie meinst du das?"
„Du warst diejenige, die zu schnell-, zu unüberlegt, zu hastig, zu ungeduldig und zu emotional, zu leichtsinnig gehandelt hat. Du alleine, trägst die Verantwortung für deine böse Niederlage. Hättest du damals, als du deinen Peiniger kennengelernt hattest, besser hingesehen-, ehrlicher mit dir selbst kommuniziert, länger geprüft, wäre dir das alles erspart geblieben. Aber du hast ja geglaubt das gibt sich schon, wenn sein Benehmen nicht deinen Erwartungen entsprach. Du hast geglaubt, dass du keinen Anderen- keinen Besseren mehr finden würdest, weil du selbst von dir glaubtest, dass du nicht viel zu bieten hast, weil deine Arbeit dein Leben dominierte. Hättest du genauer hingesehen, wäre dir aufgefallen dass er nur Verständnis für dein Leben vorspielte. Ein Theaterstück vom Feinsten hat er dir vorgegaukelt. Und du... Du hast mit Fleiß weggesehen, obwohl die Anzeichen seiner geplanten Machtübernahme, deutlich erkennbar gewesen sind. Du hast dir das alles hübsch selbst eingebrockt, meine Liebe."
„Vielen Dank auch. Das tröstet mich ungemein."
„Du brauchst überhaupt nicht eingeschnappt zu sein, meine Liebe. Nicht im Geringsten. Denn sieh´ mal her: Geduld, kann man nicht einfach beim „Ewigen" bestellen wie eine Pizza beim Lieferservice. Wenn du

„Ihn" um Geduld bittest, lässt „Er" keine Geduld vom Himmel herabregnen. Stattdessen wird „Er" dir eine entsprechende-, für dich sehr unangenehme-, vielleicht sogar unverständliche Situation zukommen lassen, in der du, dann, beweisen musst ob es dir wirklich ernst damit ist. Nicht ein Stück anders verhält es sich mit Mut. Mutlose Zeitgenossen gibt es in noch höherer Anzahl als ungeduldige Erdenbürger. Mutlosigkeit ist wahrhaft die reinste Seuche. Glaube bloß nicht dass Mut frei Haus in deine Haltung hinein geliefert wird. Nein, nein. Es ist ein ganz fataler Irrglaube, dass man mit einem netten, kleinen Gebet, einfach nur um Wunscherfüllung bitten muss, und alles Gewünschte, stellt sich mühelos und umgehend ein. Anstelle von Mut, nur als Beispiel, wird dir frei Haus eine Situation geliefert, in der du – genau wie eben, als es um die Geduld ging - beweisen musst, ob du auch tatsächlich an dir arbeitest, mit dem hehren Ziel, etwas verändern zu wollen was dringender Änderung bedarf. Wir könnten dieses kleine Beispiel noch unendlich lange fortsetzen; am Ende kommt immer das gleiche dabei raus. Verstanden?"

„Mhm... Ich denke schon. Schöner Mist. Und das nennt „Er" dann Liebe, was? Schöne Liebe. Kann „Er" mich nicht einfach mal übersehen und auslassen? Es gäbe da eine Reihe Dinge, auf die, hätte ich, ganz gut verzichten können. Mir wäre es lieber gewesen „Er" hätte mich ein Häppchen weniger liebgehabt."

„Das meinst du jetzt nicht im ernst. Hätte „Er" dich weniger geliebt-, hätte „Er" dich nicht so hart geprüft, wärst du in einem seichten Leben, ohne jedes Wachstum und ohne jede lebenswichtige Entwicklung, im luftleeren-, entitätslosen Raum vertrocknet.

Es wäre dir dann genauso ergangen wie deiner bla, bla, großen, einzigen, wahren, unerfüllt gebliebenen Liebe. Ein erfolgreiches Leben zwar, aber so platt wie eine alte, gestrandete Scholle. So flach wie die Niederlande. Du hättest nicht sein können, sondern nur existiert. Was für eine fürchterliche, beklagenswerte Verschwendung, findest du nicht?"

„Deinen Argumenten in irgendeiner Form entgegenzuhalten, ist wahrhaft ein sinnloses Unterfangen. Für alles hast du eine einleuchtende Erklärung. Thies redet auch so wie du. Und der Witz an der Sache ist der, dass ich euch wirklich jedes Wort gerne glaube. Ich höre gerne, wirklich gerne zu. Und ich versuche alles für mich, so gut wie möglich, gehorsam umzusetzen. Und in deinen, mein Schöner... in deinen ausführlichen, geduldigen Erklärungen von gerade, hat sich für mich, jetzt schon im Vorfeld von selbst erklärt, dass sich meine zweite, große Erwartung an die Zukunft, soeben auch erledigt hat."

„Ich will es trotzdem wissen, auch wenn es sich erledigt hat. Ich will es von dir hören."

„Eigentlich wollte ich dir erklären, dass ich ab sofort erwarte, dass „Er" mich in Zukunft bitte verschonen möge. Mir reicht's. Mir steht es wirklich bis Unterkante Oberlippe. Frieden, Ruhe, Kontemplation, Alleine-sein-dürfen, stiller Rückzug, Sicherheit und eine stabile Gesundheit, wären alles was ich vom Leben für Kommendes erwarte. Aber es hört wohl nie auf, stimmt's?"

„Ja... Es hört nie auf."

Tod

Die Sonne hat - während unserer Plauderei - klamm-heimlich, ganz langsam, ihre intensive, leuchtendgelbe Farbe, in mildes Oker verändert. Ihre Umrisse lassen sich jetzt viel leichter erkennen, weil die Strahlung um so vieles sanfter geworden ist. Sie sieht - von einem ganz zarten Orangerot leicht übertüncht, geduldig eilend, ein letztes Mal für heute, auf uns fehlbaren Menschen herab. Am unteren Rand berührt sie schon die Baumspitzen des kleinen, bewaldeten Hügels. Die Dämmerung wird gleich siegen; gleich wird sie uns für Stunden verlassen, um uns morgenfrüh, mit ihrer Kraft, neues Leben-, einen neuen Tag zu schenken. Verstohlen gähne ich hinter vorgehaltener Hand. Leichte, angenehme Müdigkeit befällt mich. Die Wahrheit zu sprechen kostet Kraft, erkenne ich. Mein Schöner sitzt zufrieden neben mir auf seinem Sessel und lächelt versonnen vor sich hin. Ich wüsste zu gerne was er jetzt, in diesem Augenblick-, in diesem Moment der untergehenden Sonne, gerade denkt. Als hätte er meine Gedanken im Voraus schon geahnt, stellt er genau *die* Frage, die sich in meinem Kopf, langsam zu formulieren beginnt. Wenn ich morgenfrüh aufwache bin ich zwar immer noch der gleiche Mensch, aber irgendwie verwandelt; jeden und jeden Morgen ein bisschen mehr. Nicht sichtbar aber fühlbar. Erinnerungen verwandeln sich mit mir, weil meine Sicht auf die Dinge sich verändert-, verschiebt, verständlicher wird; milder im Urteil. Ich bin gewachsen. Jeden einzelnen Tag, jede Stunde, jede Minute. Immerzu am Wachsen. Ein kaum wahrnehmbares Stückchen... aber ich bin gewachsen. So wird es wohl fortan weitergehen, wie ich jetzt weiß, weil ich es heute endlich verstanden-, verinnerlicht habe. Heute, weil der Schöne mich unverhofft besucht hat. So wird es weitergehen. Bis zu dem Tag, an dem der „Ewige" meine Augen für immer schließen wird. Ob ich bis dahin - bis zum Antritt meiner letzten Reise „seine" ausgeklügelte Lehre vollständig verstanden haben werde, bleibt mir nur innig zu hoffen. Sicher bin ich mir nicht. Begriffsstutzigkeit wurde mir heute - zum wievielten Male schon weiß ich nicht mehr, vom Schönen, zur Auffrischung meiner Selbsteinschätzung, erneut attestiert. Aber ich wurde auch belobigt, das sollte ich nicht unterschlagen. Nicht viel, aber immerhin. Wieder einmal riss er, der Schöne, mich aus meinen Grübeleien heraus und fragte:

„Wenn du - sagen wir mal in vier Wochen, deine letzte Reise antreten müsstest, was würdest du noch erledigen-, erleben, einrichten und entscheiden wollen? Liegt etwas an was nicht ungetan bleiben dürfte? Etwas, dass du versäumt hast; nicht erlebt, verpasst, vergessen?"

„Ich weiß was du meinst, mein Schöner. Ich wundere mich jetzt allerdings, warum du mich nicht gefragt hast, ob ich Angst vor dem Tod habe, zumal ich bei meinen Alten – speziell im Gesicht von Mutters Ehemann, diese wilde Panik vor dem Ende, sehr gut erkennen kann. Er hofft bis heute, der „Ewige" würde für ihn eine rühmliche Ausnahme machen, und er könnte, für immer und alle Zeit, dort in seinem Sessel verweilen und alles genauestens kontrollieren was um ihn herum so geschieht. Es könnte ja sein, dass meine Mutter im zarten Alter von Sechsundachtzig

Jahren, sich noch einen Liebhaber anschafft. Die Eifersucht wohnt bis heute in ihm. Bemitleidenswert, wenn du mich fragst. Höchst Bemitleidenswert und sehr traurig, wenn man so gar nicht loslassen will."

„Er, der Ehemann deiner Mutter, sitzt nicht alleine. Lass es dir von mir versichern. Wir haben es ständig mit solch widerborstigen, klammernden, uneinsichtigen Todgeweihten zu tun. Und einige von ihnen überlisten uns tatsächlich. Sie verbleiben an Ort und Stelle als Entität stecken. Die hartnäckigsten unter ihnen, die Ruhelosen, sie versetzen so machen Menschen in Angst und Schrecken. Die Sorte Verstorbener, die nicht einsehen will dass sie Tod sind, und die Sorte die es überhaupt nicht mitbekommen haben dass sie verstorben sind, stellen so allerhand Unfug an und sorgen für Aufregung bei ihren Hinterbliebenen. Sie verfügen über Energien, da legst du glatt die Ohren an. Du würdest staunen."

„Es stimmt also tatsächlich, wenn manche Menschen steif und fest behaupten, dass sie einen leibhaftigen Geist gesehen haben?"

„Natürlich stimmt das. Was dachtest du denn? Dass sie sich das nur einbilden um sich wichtig hervorzutun? Das sie fantasieren?"

„Joa... So könnte man es ausdrücken. Das dachte ich bislang auch. Ich dachte, das alles sei pure, erfundene, irreale esoterische Spinnerei."

„Sei du mal lieber still, meine Liebe. Gerade du, wo du doch ach so hypersensibel bist, dir könnte es ganz leicht geschehen dass du einmal eine feinstoffliche Wahrnehmung hast. Sei mal nicht zu vorschnell mit deinem Urteil. Belächle solche Erzählungen lieber nicht. Du weiß ja... Urteile nicht vorschnell."

„Oha... Dann richte bitte nachher, wenn du wieder nach Hause gehst, deinem Chef, dem „Ewigen", von mir aus, das jetzt auch einmal gut ist, weil ich an der Last meiner Erlebnisse schwer genug zu tragen hatte, und mir ein Geist, in meiner Sammlung gerade noch fehlen würde. Mich würde glatt der Schlag treffen. Auf eine tröstliche, gnädige, milde Verschonung seinerseits, will ich mal ganz unverschämt hoffen. Mir bliebe vermutlich das Herz auf der Stelle stehen, mein Schöner. Lieber nicht. Damals, die Berührung auf meinem Laufband, die hat schon ausgereicht um eine wochenlange Irritation auf den Plan zu rufen. Daran knabbere ich noch heute, wenn ich nur darüber rede oder mich bloß erinnere. Und sage „Ihm" auch bitte, er möge meine Mutter verschonen; sie käme darauf überhaupt nicht klar. Der Schlag würde sie auf der Stelle treffen. Einen Schlag, den sie diesmal nicht überleben würde."

„Ich habe das leider nicht zu entscheiden. Das ist absolute, reine Chefsache. Aber ich richte es natürlich gerne aus."

„Besten Dank im Voraus. Das ist echt nett von dir."

„Und du... Hast du nun Angst vor dem Tod oder nicht? Lenke nicht vom Thema ab."

„Nö... Nicht die Bohne. Entweder ich glaube, oder ich lasse es. Wenn ich glaube - was ich tue - bedeutet der Tod für mich eine vollumfängliche Verbesserung in jeder, wirklich jeder Hinsicht. Gedanken mache ich mir darüber auch keine. Zumindest jetzt noch nicht. Einzig was ich mir aufs innigste wünsche ist, es soll - aber das sagte ich bereits zu Anfang unserer Unterhaltung, kurz und schmerzlos vonstattengehen. So wäre ich zufrieden. Und zu erledigen habe ich auch nichts mehr. Alle Reue ist endlich abgearbeitet und nun auch endgültig abgehakt. Wünsche habe ich keine... Halt... Stopp! Doch! Einen hätte ich..."

„Jetzt bin ich gespannt."

„Die Aurora borealis möchte ich einmal sehen. Echt, life und in Farbe. Ganz nah dran. Mittendrin. Aber ich traue mich nicht alleine nach Island zu reisen, und vertrauen, kann und will ich keinem fremden Menschen mehr, wie du weißt."

„Wäre das nicht etwas sehr Schönes, was du doch noch ändern könntest, wenn dir nur noch vier Wochen Lebenszeit blieben? Vertrauen schenken? Fühlen wie es sich anfühlt wenn man jemandem vertrauen darf und kann?"

„Lass mal, mein Schöner. Man kann im Leben nicht alles haben. Das stünde selbst dann nicht auf meiner Abschiedsagenda, wenn in vier Wochen der Deckel zuklappen würde. Außerdem: Ich hätte alle Hände voll zu tun mein erarbeitetes, kleines Vermögen unter ehrlichen, engagierten, aufrichtigen Tier- und Umweltschützern zu verteilen. Ich habe in meinem Testament bereits einige von ihnen schriftlich festgehalten. Die, deren unermüdliche Arbeit, ich schon seit vielen Jahren beobachte."

„Keine Menschen...? Nur Tiere?"

„Du sagst es. So soll es sein. Nur Tiere. Das ist mein letzter Wille."

„Und deine Cousine? Was ist mit ihr?"

„Erstens: Sie ist für sich selbst verantwortlich und hat ihren Weg der Trägheit selbst gewählt; den breiten, nicht den schmalen, wie du weißt. Und Zweitens: Ich gestehe ihr jetzt schon, zu Lebzeiten, aus meiner aufrichtigen Dankbarkeit heraus, mehr zu als sie je zu hoffen gewagt hätte, weil sie es - meiner Meinung nach, wirklich verdient hat. Sie müsste sich schließlich nicht um meine beiden Alten kümmern. Sie tut es aber. Auch wenn sie ein eher schwacher, bequemer Mensch ist, so ist sie doch ein sehr guter Mensch in ihrer Haltung und Denkweise. Sie ist derart voller Empathie, das hätte ich niemals von ihr erwartet. Dafür bekommt sie einen schönen, angemessenen Lohn. Versprochen. Ich stehe ihr bei."

„Alles was du bisher so erzählt hast, wie zum Beispiel diese Entscheidung deiner wiedergefundenen Cousine, nach deinen gegebenen Möglichkeiten so gut wie es geht, beizustehen, ist natürlich als Entscheidung *deinerseits* zu betrachten. Das ist Fakt. Stünde aber etwas an-, etwas Spezielles, etwas was du gerne entscheiden würdest - vorausgesetzt natürlich, du hättest die Macht dazu und könntest es in der Realität wirklich – etwas was *dir* schwer auf dem Herzen liegt und deiner Meinung nach, dringender, erforderlicher Veränderung bedarf - zum Beispiel so eine Art Weltreform. Was könnte das sein?"

„Siehst du... Da haben wir's. Ich *kann* ja nicht, weil man mich nicht lässt; nicht lassen würde. „Er" lässt sich doch von mir nicht ins Handwerk pfuschen, selbst dann nicht, wenn ich, für ein mageres Stündchen Gott spielen dürfte. Ließe man mich, wäre alles was einen Puls hat glücklich, satt, gesund und zufrieden. Großartiger Gedanke. Das gefiele mir sehr gut. Leider nur Wunschdenken aus dem Land der Feen und Elfen. Nix zu machen. Alles bleibt wie es ist, wenn „Er" nichts tut, was endlich mal eine positive Veränderung bewirken-, herbeiführen, beschleunigen würde. Ansonsten fällt mir zum Thema Tod und zu den Dingen die ich bereits ins Feld geführt habe, auch nichts mehr von Bedeutung ein. Eines vielleicht noch: Könnte ich tatsächlich für ein mageres Stündchen alle Macht ausüben, hätten alle auf der Welt lebenden, existierenden Menschen, ein und denselben friedlichen Gottes-Glauben-, ein und dieselbe Ideologie. Das wäre schon die halbe Miete für all die Dinge, die jetzt, immerzu großen Konfliktstoff bilden, der - wie wir aus Erfahrung wissen - bestens dazu geeignet ist, als Auslöser für den nächsten Krieg zu dienen. Aber nicht einmal das will „Er" einrichten, der große Gamer an seiner Welt-Spielkonsole, in der wir Menschen, wir allesamt, seine Marionetten sind, die er - je nach Gusto - siegen lässt oder plattmacht, leiden macht oder zur Glückseligkeit erhebt. Und wenn du mich fragst, mein Schöner, wenn du meine Meinung dazu hören willst, dann ist hier von Anfang an - ganz zu Beginn der gesamten Schöpfungsgeschichte, die nicht einmal bewiesen ist, schon etwas gehörig schief gelaufen. Hätte man die drei monotheistischen Weltreligionen erst überhaupt gar nicht erfunden und ins Leben gerufen, und die Menschen wüssten es einfach nicht besser, wäre uns eine große Menge Leid, Elend und unnötige Kriege erspart geblieben. Aber nein... „Er" sieht gelassen dabei zu, wie aus einem wundervollen Ganzen, drei große Stücke, einzeln herausgeschnitten wurden. Drumherum vielleicht noch ein paar bedeutungslose Krümel, kaum der Rede wert; aber dominant und mächtig, die drei großen Hauptstücke. In deinen Ohren, mein Schöner, mag das alles kindlich und naiv klingen, so, wie jemand eben vor sich hinplappert, der noch so jung im Glauben ist wie ich. Aber genauso denke ich heute darüber. Am Anfang lief etwas schief. Punkt. Von mir aus auch bei Adam und Eva; aber es lief etwas aus dem Ruder als dieser große, gefährliche, dreigeteilte Glaubenskuchen erschaffen wurde. Das... diese negative-, für jedermann erkennbare, keinesfalls übersehbare, selbst nicht für einen Blinden übersehbare, bedrohliche Veränderung der gesamten Welt als großes Ganzes-, der Menschen untereinander, miteinander, ist für mich... mich persönlich, mit einer der schwergewichtigsten Gründe dafür, warum ich mich, mal eben einfach mal ausgestöpselt habe aus dem bedrohlichen, unverständlichen Weltgeschehen: *Ich-verstehe-diese-Welt-nicht-mehr."*

„Klingt nach Desillusionierung. Klingt gar nicht gut."

„So ist es aber, mein Schöner. Was soll ich deiner Meinung nach ändern, wenn ich mich, auf meine Weise, so wohl fühle wie es jetzt ist. Zwingend mich mit allem auseinanderzusetzen obwohl ich nichts ändern kann, bedeutete nichts weiter als dass ich irgendwann verrückt würde. Ich will dir nur ein Beispiel nennen: Was kann *ich* daran ändern, wenn ein ganzes Volk wie diese perversen Chinesen, ein Hundefleisch-Festival feiert? Was kann *ich* schon daran ändern, wenn ein - nicht minder perverses Volk wie die Spanier, junge, gequälte Stiere unter tosendem Applaus in eine Arena treibt, und sich kollektiv an ihrem jammervollen Tod ergötzt? Was kann *ich* daran ändern, wenn so abartige Jäger, Delphine in ein Netz locken um sie qualvoll abzuschlachten? Was? Was kann ich daran ändern? Sag´ es. Nach unserem heutigen Gespräch, von wegen: Ich soll wenigstens Mitleid mit diesen Mördern haben, wenn ich schon keine angemessene Nächstenliebe empfinden kann, habe ich immerhin schon meinen imaginären, mobilen Galgen wieder abgerüstet. Ich habe meine private Todesstrafe eingestampft, weil Du, „Er", Thies, Albert und mein Autorenfreund sagen, dass ich das nicht darf. Das ist doch schon mal was, nicht wahr? Aber was kann ich tun, bitte sehr? Wie kann ich mit meinen Mitteln solche Missstände abschaffen? Wie?"

„Du hast ja Recht. Ich bin genauso ratlos wie du. Uns gefällt das natürlich auch nicht. Man kann einen gegebenen freien Willen leider nicht reglementieren. Das geht nicht. Es ist nicht praktikabel. Wir haben nur eine einzige, wirkungsvolle, nachhaltige Möglichkeit zur Hand: Wir lassen diese Menschen einfach nicht glücklich sein, das ist alles was wir tun können. Das ist ihre gerechte Strafe von uns. Ihre lebenslange Unzufriedenheit, ihre unersättliche Gier nach Ruhm und Erfolg, nach Hab und Gut, ohne dass es je genügen würde. Leider sind einige von ihnen derart roh, dass ihnen ihre eigenen Lebensmissstände-, ihre eigene Unfähigkeit glücklich zu sein, nicht einmal auffallen, weil ihnen keinerlei Sensibilität und Gefühl innewohnt. Mit der Sorte fehlgeleiteter Individuen rechnen wir ganz am Schluss ab. Niemand geht verloren. Alle kommen dran. Alle."

„Na fein. Bisschen wenig, finde ich. Das nutzt den gequälten Kreaturen allerdings recht wenig bis gar nichts. Ein kleines Reförmchen in Bezug auf eure laschen Bestrafungsmodi heute schon, wäre vielleicht keine schlechte Idee. Ich finde, es ist *eure* heilige Pflicht die Kreatur Tier, vor uns Menschen zu beschützen, weil ein Tier nicht einfach mal so losgehen-, und sich eine Kalaschnikow kaufen kann, um sich gegen uns angemessen und berechtigt, zu verteidigen. Mir, kleinem - in seiner Fähigkeit und Macht sehr eingeschränkten Menschenkind, bleibt nur eine unbefriedigende, mangelhafte und ziemlich zwecklose Möglichkeit, indem ich für mich selbst versuche, diese schlimmen Missstände so gut wie eben nur möglich, einfach auszublenden und nicht hinzusehen. Meine Hilflosigkeit macht mich ganz krank. Tiere human töten, dürfte nur dann gestattet werden, wenn Hunger gestillt werden muss. Nicht aus einem perversen Vergnügen heraus. Dasselbe gilt natürlich auch für alle Kinder und alten Menschen, die, wehrlos Missbrauch oder Hunger ausgeliefert sind. Klar. Aber mein enges, kleines Herz, schlägt nun mal für alle Tiere dieser Welt. Es geht mir übrigens gewaltig gegen den Strich dass in der heiligen Schrift, welche auch immer für welchen Glauben gerade zuständig ist, pausenlos die armen Widder abgemurkst werden. In der Bibel sind ganze Passagen anzutreffen die mein Blut in regelrechte Wallung bringen. Eine gewisse Blutrünstigkeit lässt sich nicht von der Hand weisen-, nicht verleugnen, auch nicht abstreiten. Sie ist offensichtlich da, diese blutige, unersättliche-, oft als erforderliche Opferdarbringung verkleidete Blutrünstigkeit. Man sollte das heilige Buch der Bücher vielleicht mal neu schreiben, und auf die ein- oder andere Passage komplett verzichten. Das heilige Buch der Bücher hat nach meinem persönlichen Geschmack ein wenig Modernisierung nötig, damit es auch die ganz Dummen unter uns - wie diese ISIS-Mordbuben und Konsorten, endlich verstehen was überhaupt gemeint ist."

„Was war das war. Daran lässt sich nicht mehr drehen und schrauben, meine Liebe. Du musst „Seine"

Beweggründe nicht alle verstehen oder gar nachvollziehen können. Und die ein- oder andere komplizierte Metapher im Buch der Bücher, muss wahrhaft oft gelesen werden, bevor sie richtig verstanden wird. Es bedarf dazu auch einer gewissen Lebenserfahrung, will man ganz in die Tiefe gehen. Lässt man die reinste Form des Glaubens zwangsläufig hinter sich, wie man der Kindheit-, der Unverdorbenheit entwächst, bedarf es in der Tat einer gewissen Reife alles zu verstehen. Außerdem: Das muss ich dir leider so sagen. Über dein Urteil ist „Er" ohnehin erhaben, meine Liebe. Nimm es einfach so hin wie es ist. Höre auf damit alles zu verstehen-, ergründen, erklären zu wollen. Glaube aus reinem Herzen. Alles andere wird dir nichts bringen. Nimm es hin. Wäre doch wirklich zu schade wenn du am Ende noch verrückt würdest, nicht wahr?"

„Wird man auch nicht zweimal."

„Was?"

„Verrückt."

„Bis du es denn schon?"

„Frag' mich nicht."

Resümee

Der obere Rand der untergehenden - jetzt fast rostroten Sonne, verschwindet hinter den Baumspitzen des bewaldeten Hügels. Sanftes, heraufziehendes, mildes Zwielicht taucht unsere Hälfte des Erdballs bald schon in erholsame Gnade der bevorstehenden Nacht. Das laute, unermüdliche Jagdgeschrei aller Vögel nimmt langsam ab. Es wird langsam stiller, nicht mehr so von lautem Leben pulsierend durchschnitten, neigt sich der Tag seinem Ende zu. Nur noch ein paar krackelende Krähen tapsen unten auf der Blechkante des Flachdachs herum. Sie sind sich wohl noch nicht darüber einig, wer von ihnen - wenigstens für heute, der Chef im Ring ist. Sie streiten den lieben langen Tag lautstark miteinander herum. Stolze, kluge, laute, maulende schwarze Krähen. Sie sind die letzten der fliegenden Truppen die spät erst zur Ruhe kommen. Mutige Tiere, die auch nicht - ähnlich wie Jonathan die fette, freche Möwe, davor zurückschrecken zu stehlen. Sie zu beobachten, ihren Einfallsreichtum im ständigen, unermüdlichen Wettbewerb mit ihren Artgenossen, ist immer sehr spannend und oftmals amüsant. Schreihälse sind sie allesamt. Ob Möwe oder Krähe, sie leben ein lautes, aufregendes, freies Leben.

Etwas müde geworden stelle ich meine Füße auf der Brüstung des schmalen Balkons ab und betrachte interessiert meine Beine. Das habe ich noch nie getan. Ich habe noch nie meine Beine bewusst betrachtet. Warum auch? Solange sie mich überall dorthin tragen wo ich will, gibt es keinen Anlass dafür, ihnen eine besondere Beachtung zu schenken. Bisher sah ich sie als eine Selbstverständlichkeit-, zu meinem Körper gehörend wie die Luft zum Atmen. Ein Teil des großen Ganzen, wenn man einen menschlichen Körper so bezeichnen darf; als großes Ganzes. Ich weiß es nicht. Ein schlechtes Gewissen beschleicht meine Gedanken weil es mir jetzt erst, so spät, auffällt wie wichtig sie für ein Wohlbefinden sind, wenn man hingehen kann wohin man will. Sie tragen mich. Sie machen mich mobil und beweglich; von einem Ort zu andern. Wie viele Beine mag es geben die zwar gute Arbeit verrichten, und dennoch nicht hingehen können wohin sie wollen, weil man dem Menschen zu dem sie gehören, die persönliche Freiheit beschneidet zu gehen wohin er will. Die Grenzenlosigkeit meines Daseins-, meines Lebens wird mir schlagartig bewusst. Ich kann beinahe überall hingehen wohin ich will. So habe ich es noch nie betrachtet: Ich bin frei. Darüber sollte ich jeden Tag aufs Neue Dankbar sein. Meine Augen können sehen, meine Zunge kann schmecken, mein Mund Worte sprechen oder Lieder singen; ganz wie ich es will. Mit den Ohren höre ich laute und leise Laute, meine Finger können tasten und mit der Lunge atme ich den Sauerstoff ein, den ich zum *Amlebenbleiben* benötige. Ich bin, wie alle anderen Menschen mit mir, ein Wunder. Ein Wunder dem wahrhaft alle Dankbarkeit gebührt. In Zukunft sollte ich diese banale Erkenntnis voranstellen, bevor ich mich wieder, unüberlegt über etwas beklagen will. Für diesen Reichtum gibt es keine Währung, nur Dankbarkeit.

„Liebst du dich im Hier und Jetzt?", fragt der Schöne, und schielt mich von der Seite an. In seinem Blick liegt viel Freude, aber auch die leise Ankündigung dass sein Besuch, um mit mir gemeinsam eine kleine Lebens-Rezension zu erstellen, sich langsam dem Ende zuneigt. Ich kann es spüren.

„Mhm... Ich denke schon. Jedenfalls ist es kein Vergleich mehr zu früher, als ich ohne „Ihn", führerlos wie ein schlecht vertäutes Schiff, dass sich auf und davon gemacht-, losgerissen hatte, um alleine über die Lebensflüsse zu schlittern, noch auf einem ungewissen Wege dahintrieb. Unter strenger Anleitung des erhabenen Kapitäns, brauche ich mir um meine Navigation jetzt keine Gedanken mehr zu machen. Ich lasse „Ihn" das machen, was „Er" für richtig erachtet. Ich vertraue. Und jetzt, wo ich von dir erfahren habe, mein Schöner, dass ich mir um die Quantität meiner angestrebten Gottgefälligkeit keine Sorgen mehr machen muss, weil einzig die Qualität ist was zählt, bin ich beruhigt und sehr gelassen. Bücher, Gespräche, Songtexte und entsprechende Fernsehsendungen haben mir sehr dabei geholfen. Man muss sich nur öffnen und alles einströmen lassen, wovor man in der Vergangenheit weggelaufen ist, weil die Zweifel so übermächtig waren."

„Und die überstandenen, überwundenen Wachstums-Prüfungen nicht zu vergessen, meine Liebe."

„Ja. Die natürlich auch. Sie kommen vielleicht sogar an erster Stelle. Denn ohne diese Zwangspausen- ohne diese elenden Bruchlandungen, hätte man sich vielleicht überhaupt nicht die Zeit dazu genommen, endlich einmal richtig hinzusehen. Mir erging es jedenfalls so. Ich denke ich stehe nicht alleine da."

„Du bist also gewappnet?"

„Wofür?"

„Für die Zukunft, meine Liebe. Für die Zukunft."

Zufrieden und etwas erschöpft von unserem tiefgründigen, langen Gespräch, schließe ich meine Augen und lasse dieses Gefühl „Seiner", und der Obhut meines Schutzengels, einen Moment lang auf mich einwirken und in mein Innerstes hinabsinken. Wie lange ich so dasaß weiß ich nicht mehr. Als ich meine Augen wieder öffne ist der Sessel neben mir leer.

„Ich hasse Abschiede", höre ich aus dem Nirgendwo rufen.

„Ich auch", flüstere ich ganz leise, kaum hörbar.

Wüsste ich nicht ganz genau dass er, der Schöne, zusammen mit „Ihm", dem „Ewigen" immer bei mir ist, wäre ich jetzt sehr traurig. Ich bin es nicht. Freude bleibt mir. Große Freude.

„Danke."

Sieh hin, hör´ zu

In der Nacht, nach des Schönen Abschied, machte ich kein Auge zu. Immer noch beschlich mich das flaue Gefühl, dass vielleicht doch noch etwas passieren könnte, worauf der Schöne mich indirekt hatte vorbereiten-, vorwarnen, einstimmen wollen. Womöglich... nein, mit Sicherheit sollte ich selbst darauf kommen. War sein spontaner Besuch nur eine Art Test? Ein Test über meine gut- oder schlecht funktionierende Intuition, oder tatsächlich nur ein reiner Höflichkeitsbesuch? Bald schon würde es sich herausstellen, dessen war ich mir ganz sicher. Misstrauisch wie ich nun mal geworden bin, wollte ich es erst gar nicht in Erwägung ziehen, dass der Schöne sich, einfach nur mal vom Stand der Dinge überzeugen wollte; wozu dann ein Resümee, hätte mir einleuchten müssen. Außerdem: Jetzt, wo er wieder weg war, fielen mir tausend Fragen ein die ich versäumt hatte zu stellen. Das ist immer so. Wenn es gilt, leide ich unter einer geistigen Umnachtung und lasse die Chancen vorüberziehen. Das berühmte Loch im Kopf. Auf jeden Fall, in dieser schlaflosen Nacht fiel mir natürlich nicht im Geringsten auf, dass ich an meiner alten Denkstruktur, latenter Schwarzmalerei, nichts- oder nicht viel verändert hatte. Misstrauen gegen alles Gute hatte sich so tief in mein Innerstes eingenistet, dass ich es schon gar nicht mehr sah, so unbelehrbar war ich - aus einer alten Beschädigung heraus, die nun schon mehr als drei Jahre zurücklag - bereits fest konditioniert. Es fehlte mir immer noch am Glauben, an Vertrauen, dass nun alles wieder in Ordnung ist. Wozu machte ich mir überhaupt nur all diese Gedanken? Gedanken nur so...? Traf auf mich der Spruch von Georg Christoph Lichtenberg zu, der einst sagte: „Ich weiß nicht, ob es besser wird, wenn es anders wird. Aber es muss anders werden, wenn es besser werden soll." Ja! Zweifelsohne. So war es. Und es sah ganz danach aus dass ich dringend an mir weiterarbeiten musste, um diese einleuchtende Theorie in die Praxis umzusetzen. Alles war aber doch bereits alles besser geworden, weil es anders geworden war; nun musste ich es nur noch glauben und leben. Vertrauen. Wieso wollte dieser Umstand nicht in meinem Kopf hinein? Leichter gesagt als getan. Leben und vertrauen in der Praxis-, nicht nur in der blanken, hypothetischen Theorie kluger Worte, stellte sich schnell als steiler, schmaler und steiniger Weg heraus, der rechts und links in die Abgründe führte, sobald ich einen falschen Schritt (Gedanken) machen würde. Noch fehlte mir der Mut beherzt und erleichtert voranzuschreiten. Noch fehlte mir der nötige, der uneingeschränkte, vertrauensvolle-, an Glauben gebundene Mut, dem Lebensfluss zu vertrauen.

Über Einsichten, Reue, Trauer, Veränderungen, Hoffnungen, Freude, Liebe, Zukunft, Tod und das sich daraus resultierende Resümee hatten wir uns ausgiebig unterhalten. Wir haben gelacht und gemeinsam geweint; ich oft hart in meinem Urteil, er, der Schöne, milde in seinen geduldigen Erklärungen, die ich begierig aufsog und so gut es ging verinnerlichte. Durch die Anwesenheit des Schönen war ich reich beschenkt, wusste ich. Warum wollte ich das helle Licht nicht sehen dass er mir hinterlassen hatte? Im Grunde war ich doch wohl präpariert für alles was noch kommen würde, oder etwa nicht? Wieso hielt sich dieser diffuse, unerklärliche Schatten so eisern auf meiner Seele? War das tatsächlich noch ein zähes Überbleibsel alter Ängste? Eine andere- eine bessere Erklärung dazu, fiel mir nicht ein. Die Gedanken rollten wild in meinem Kopf hin und her, und ich musste mir eingestehen, dass dem so war wie ich vermutete. Es fehlte an allen Ecken und Kanten am nötigen Urvertrauen. Trotz allem angelesenen-, theoretischen, zaghaft umgesetzten Wissen, dass ich nun zweifelsfrei besaß, waren unliebsame Reste der Angst noch anwesend. „Angst gibt es nicht; sie ist nur ein Gefühl", beruhigte ich mich selbst. Wie ein Mantra wiederholte ich die Worte sogar laut. Nichts half. Die Nacht war gelaufen. Die Verärgerung über mein Versäumnis noch wichtige Fragen an den Schönen gestellt zu haben, füllte meine inneren, imaginären Fässer mit reichlich Adrenalin das mich erfolgreich am Schlafen hinderte.

Der nächste Tag brachte so einige Verpflichtungen mit sich die erledigt werden mussten, und somit rutschten, diese latenten Ängste wieder aus meiner Erinnerung heraus. Nur...: Sobald ich in der Nacht wieder auf mein Bett zusteuerte, fing alles von vorne an. Das alte Lied, dachte ich mir. Das alte Kreisdenken. Natürlich war mir klar dass ich mit diesem unbegründeten Vorahnungsdenken eine wundervolle, glasklare, sehr deutlich formulierte Bestellung ins Universum abgefeuert hatte, und es würde bestimmt nicht lange dauern bis die Lieferung eintraf. Der Schöne würde sich über mich bestimmt die Haare raufen, weil ich ein typischer Fall von „Selber schuld" bin. Aber was soll ich denn machen? Solange ich eines dieser wundervollen Bücher lese leuchtet mir jeder einzelne Satz ein. Lege ich das Buch beiseite, ist alles vergessen was ich einsah falsch zu machen. Der Alltag holt mich ein, und schwuppdiwupp, löst sich alle Theorie in Wohlgefallen auf und lässt mich in mein altes Denkmuster zurückfallen. Ähnlich ergeht es mir nach einem tiefgründigen Gespräch, so wie das, das ich mit dem Schönen vorgestern führen durfte. In meinen begrenzten Verstand will ebenfalls einfach nicht hinein, dass Raum und Zeit unabhängig voneinander existieren können. In meinen blockierten Kopf will einfach nicht einkehren, dass mein Geist- und meine Seele steuerbar sind. Steuerbar durch mich selbst. Steuerbar durch Gedanken - meine Gedanken - die entweder positiv oder negativ-, oder vertrauensvoll optimistisch, anstelle von misstrauisch sind. Vertrauen... ja. Hier liegt der Hase im berühmten Pfeffer. Mit dem letzten Krümel Verstand musste ich langsam einsehen, dass mir nichts zugemutet werden würde, was ich nicht ertragen könnte. Wäre dem nicht so, würde das doch unweigerlich meinen Tod bedeuten. Soweit mein sicheres theoretisches Wissen, auf das ich so stolz bin. Theoretisch, wohlgemerkt.

Nach dem eigentlichen-, dem berühmten „Sinn des Lebens" zu forschen hatte ich - nach unzähligen, höchst intelligenten, wirklich klugen und helfenden Lektüren die ich alle sorgfältig studiert hatte, längst an den ebenso berühmten Nagel gehängt. Mit jedem einzelnen Buch das ich studierte, beschlich mich die Erkenntnis, dass der eigentliche Sinn des Lebens ich selbst bin. Nachdem der Schöne mir - bei einigen seiner Besuche - bestätigt hatte, dass es mich schon immer gab und dass es mich immer geben würde, konnte es auch gar nicht anders sein, als selbst den Sinn des Lebens darzustellen. Eine völlig neue, überraschende Erkenntnis, die allerdings - das muss ich hier eingestehen - dazu in der Lage schien, allen Druck aus meinem Dasein herauszunehmen. Die Suche hatte jetzt endlich ein finales Ende. Was für ein Erfolg. Wo aber blieb die Freude darüber? Wieso machte mein Herz nicht einen großen Sprung und tanzte freudig in meiner Brust? Die größte Mühe bereitet mir, Objekt und Subjekt in einer Person zu sein. Sicher lag es daran dass mir immer noch die geistige Reife-, und die damit verbundenen Erkenntnisse fehlten, tröstete ich mich. Von dieser Stufe scheine ich noch meilenweit entfernt, oder? Sicher ist nur: Ich befinde mich in guter Gesellschaft. Den Beweis dafür sollte ich schon am nächsten Tag erhalten.

Das Bett ist mein Feind, der Schlaf meine Sehnsucht, meine Gedanken meine Hürde. Wundervolle Voraussetzungen für eine erholsame Nacht. Keiner, der vielen verkonsumierten Autoren aus der Vergangenheit, vermochte mir Linderung zu verschaffen, weil allen Büchern eine einleuchtende-, leicht zu praktizierende Betriebsanleitung, zur Erlangung des unumgänglichen Urvertrauens fehlte, die in Fleisch und Blut, für immer und ewig haften blieb. Simpel sollte sie sein, diese Betriebsanleitung. Simpel. So, dass ich, sie sogar verstehen würde. Ich und all die anderen Menschen denen umfassende psychologische Komplexität große Mühe bereitet. Blieb nur noch der berühmtberüchtigte Griff zu meinem Haarschopf, an dem ich vermutlich kräftig ziehen musste, wenn schon die Intuition ständig mit Abwesenheit glänzte. In psychologischen Fachkreisen nennt man es, glaube ich, Selbstvertrauen.

Kraftlos und erschöpft, kroch ich in dieser Nacht auf meine verhasste Lagerstätte, um auf nicht eintreffenden Schlaf zu warten. Die Frage, warum ich nicht ständig und immerzu wach bleiben könnte, womit ich meine gefühlte Lebenszeit um fast dreißig Prozent Bewusstsein verlängern würde, erledigte sich von selbst, weil mein Rücken mir einen schönen Gruß schickte, und mir ausrichten ließ, dass er für heute die Schnauze voll hat. Mein eigener Körper boykottiert mich also, dachte ich verärgert. „Er" schickt mich also wieder in den nächtlichen, kleinen Tod, den ich zum Weiterleben so dringend benötige. Ich fühlte wie ich ganz langsam in den Alpha-Zustand entglitt. Bevor ich vollständig das Bewusstsein verlieren würde, trat ich noch schnell mit meinem Schöpfer in eine „Ihm" nicht ganz unbekannte Verhandlung ein. Seit Jahren schon liege ich „Ihm" immer mit der gleichen Bitte in seinen göttlichen Ohren, dass er, mich, doch bitte aus den dualen Kraftfeldern entbinden möge, und mich, ausnahmsweise, vom großen Rad der immer wiederkehrenden Wiedergeburten - die auch mir unweigerlich blühten, unbedingt erlösen solle. Pausenlos versuchte ich mit „Ihm" zu schachern, und „Ihn" sogar zu bestechen. Hierzu - ihn zu bestechen meine ich, nahm ich gerne leere, sinnlose Versprechungen zur Hand, in der Hoffnung, „Er" käme mir nicht auf die Schliche. Einen Versuch war es jedenfalls wert. Hierhin, auf diese Erde, die langsam aber sicher vor die Hunde geht, wollte ich auf keinen Fall zurück, falls mich Gevatter Tod eines Tages nach Hause holen würde. Der Schlaf muss mich wohl eingeholt haben, denn das leise Lachen des Schönen er-reichte mich nur noch aus ganz weiter Ferne.

In dieser Nacht hatte ich einen ganz merkwürdigen Traum, der mir bis heute – das kommt wirklich sehr selten vor – noch tief im Gedächtnis haftet. Alle Bilder sind noch da. Alle. Jedes Detail und jede Farbe die ich im Traum sah.

Im Traum war ich zu Hause bei meinen lieben Alten, die so oft die Sympathie zu ihrem eigenen Kind verloren hatten. Spürbar fühlte ich mich dort unwohl. Also beschloss ich abzuhauen. So kam es dann auch. Als Fluchtfahrzeug diente mir ein altes, dunkelgraues Fahrrad. Warum ausgerechnet ein Fahrrad? das sollte mir erst Tage später klar werden. (Fortbewegung aus eigenem Antrieb) Jedenfalls befand ich mich plötzlich mitten in Bingen am Rhein. Die Sonne brannte vom Himmel und brachte mich ordentlich ins Schwitzen. Um mich etwas abzukühlen und zu erholen, suchte ich Zuflucht in einem schmalen, engen, lindgrün angestrichenen Hausflur eines alten Stadthauses, weil dort die Haustür weit offen stand. Nun stand ich dort in diesem engen Flur und atmete schwer. Plötzlich fiel mir ein, dass ich zu Hause etwas ganz Wichtiges vergessen hatte. Was genau, weiß ich nicht mehr, aber es war von ungeheurer Wichtigkeit. Die Vorstellung, noch einmal den ganzen Weg zurückfahren zu müssen, verursachte eine unangenehme Panik in meinen Gefühlen. Die beiden großen Berge die ich dorthin überwinden musste, verursachten mir eine handfeste Übelkeit. Alleine der erste Berg um nach Weiler – so heißt dieses Dorf - zu gelangen, der hatte es wahrhaft in sich. Aus dem Augenwinkel heraus sah ich, an der lindgrünen Wand an die ich angelehnt stand, ein schwarzes, halblanges Haar hängen. Das Haar störte mich, ich konnte meinen Blick nicht davon abwenden. Was hatte dieses schwarze, halblange Haar, hier an dieser Wand zu suchen? In dem Augenblick als ich es weg-wischen wollte, erschien – wie aus dem Nichts - ein junger, braungebrannter Mann im Flur, der mich freundlich anlächelte. Er sagte ungefragt zu mir, dass es doch einen viel leichteren Weg zurückgeben wür-de, wenn ich - anstelle über die beiden hohen Berge, viel besser über die Drususbrücke-, und dann außen herum fahren würde. Dies sei zwar ein wenig weiter, aber längst nicht so beschwerlich. Das war einleuch-tend; wieso war ich eigentlich nicht selbst darauf gekommen? Ich kenne mich doch hier aus. Bevor ich mich für seinen Tipp bedanken konnte war der junge Mann wieder verschwunden. Leicht fröstelnd schob ich mein altes Fahrrad wieder hinaus auf die Straße und freute mich regelrecht über die wärmenden Sonnenstrahlen, die mir vorher, bevor ich diesen schmalen Flur betreten hatte, so lästig gewesen wa-ren. Im Nu - fast so als sei ich geflogen statt gestram-pelt, war ich wieder am Ausgangspunkt meiner Rei-se. Meine Mutter stand in der Haustür und lächelte mich freundlich... ja, freundlich an. Sie schien um Jahre jünger zu sein. Wie war das möglich? In ihrer Hand hielt sie den Gegenstand der mir so wichtig war. Sie hielt ihn mir schweigend aber liebevoll lä-chelnd entgegen. Als ich danach greifen wollte wurde ich wach. Dass ich in meinem Bett lag, war in diesem

Augenblick so irreal, dass es eine Weile dauerte bis ich begriff, dass alles nur ein Traum gewesen ist. Tatsächlich hatte ich erwartet meine Mutter vorzufinden. Seltsam. Wie kann man derart die Gegenwart aus den Sinnen verlieren?

Etwas desorientiert stand ich auf und erledigte – nicht ganz beider Sache - meine allmorgendlichen Aufsteh-Rituale. Heute Morgen wollte ich ins Dorf um ein paar Dinge zu erledigen. Die Bank, die Post, der Bäcker, so die Reihenfolge. Abgelenkt von diesen kleinen Pflichten vergaß ich meinen absurden Traum vorerst wieder. Wieder zu Hause angekommen, freute ich mich schon darauf, mich in meine Sportklamotten zu stürzen und eine große Runde laufen zu gehen. Auspowern ist die einzige Möglichkeit meinem dauerdenkenden Hirn beizukommen. Es nervt gehörig immerzu zu denken. Wieso kann man das nicht einfach an einem Schalter abstellen? Schon wieder etwas, was man in der Schöpfungsgeschichte kritisieren könnte, dachte ich so bei mir.

Die Gegensprechanlage klingelte, vermutlich ein Päckchen. Aber ich hatte doch überhaupt nichts bestellt. Was konnte das sein? Der Portier begrüßte mich freundlich wie immer, und meinte, dass mein Besuch da sei, ob er ihn nach oben lassen dürfte. Besuch? Ich erwarte keinen Besuch, ließ ich ihn wissen.

Hier sei aber Besuch, wiederholte er seine Nachricht. Natürlich wollte ich sofort den Namen des unangemeldeten Besuches wissen. Die erste, innere Verärgerung ließ nicht lange auf sich warten, weil ich unangemeldeten Besuch nicht sehr schätze. Zugegeben: Diese Aussage ist leicht untertrieben. Ich hasse unangemeldeten Besuch wie die Pest. Wer mich kennt weiß das. Der Portier sagte den Namen und ich fiel aus allen Wolken. Das konnte nicht sein; sicher hatte ich mich verhört. Um ganz sicher zugehen, bat ich den Portier, er solle doch die Dame nach ihrem Vornamen fragen, was er sofort artig erledigte. Tatsächlich. Meine älteste Freundin, von der ich mich vor Jahren wegen einer sehr, sehr unschönen Auseinandersetzung getrennt hatte, besaß doch wahrhaftig die Größe, wieder auf mich zuzukommen. War sie am Ende doch nicht so arrogant und eingebildet wie ich ihr immer unterstellte? Zwar hatte ich gehofft wir würden uns eines Tages wieder begegnen, aber dass sie den Schritt machen würde, hielt ich eher für unwahrscheinlich. Auf meiner Agenda für die nächsten zehn Jahre, stand dieser Schritt auf meinem Zettel, nicht auf ihrem.

Zwei Minuten später standen wir uns gegenüber. Ich kann es immer noch nicht fassen, wie leicht es uns gefallen ist, wieder an den Punkt anzuknüpfen, an dem wir unsere langjährige Freundschaft so abrupt beendet hatten. Dieses Gefühl der Vergebung ist so erhebend, dass man es nicht mit Worten beschreiben kann. Was ist nur los in diesem Jahr? Zuerst die Cousine nach über vierzigjähriger Pause, dann die älteste Freundin die ich hatte. Das Jahr der Versöhnung, wie mir scheint. Aber warum? Warum alles auf einmal und nicht wohl dosiert? Was, um Himmels Willen, mache ich denn nun richtig was früher falsch gewesen ist?

Wir umarmten uns wortlos und lange. Ein tolles Gefühl, stellte ich fest. Wir gingen hinein in meine kleine Wohnung. Sie zog ihre Jacke aus, setzte sich an meinen Tisch und bat um ein Glas Wasser. Gut sah sie aus. Richtig gut. Etwas verwirrt setzte ich mich ihr gegenüber, nachdem ich ihr das erbetene Wasser hingestellt hatte. Über die Vergangenheit verloren wir - so, als hätten wir darüber, vorher eine stille, unausgesprochene Vereinbarung getroffen - weniger als fünf Sätze. So, als sei nie etwas vorgefallen, erzählten wir uns gegenseitig aus unserem Leben in den letzten fünf Jahren. Die alte Vertrautheit war allgegenwärtig im Raum. Sie war nie weg, schien es. Wie Schuppen fiel es mir von den Augen, dass mir persönlich-, die Persönlichkeit die ich selbst darstelle, Distanz offensichtlich zu großer Nähe verhilft. Absurd, aber so ist es. Ich brauche Abstand um zu spüren dass ich liebe. Ich liebte sie, dass wurde mir nun klar. Ich liebte auch meine Mutter wenn sie weit weg von mir ist. Beruhigend zu wissen, dass man überhaupt zur Liebe fähig ist, ging es mir durch den Kopf. In diesem Moment fasst meine Freundin sich in die Haare und hält ein einzelnes, halblanges, pechschwarzes Haar hoch. Sie fragte mich lächelnd ob sie es auf den Boden werfen dürfe. Mich... fragt sie das. Mich, von der sie ganz genau weiß, dass ich einen fast schon pathologischen Ordnungstick habe. Unordnung bringt meinen Verstand durcheinander; verursacht mir Unwohlsein und schlechte Laune. Sie kennt mich. Sie weiß das.

Grinsend lässt sie das schwarze, halblange Haar auf den Boden niederfallen. Es schwebt im Zeitlupentempo hinab; bleibt dort neben ihrem Stuhl liegen. Sie sieht mich abwartend an, so, als ob sie darauf wartet, dass ich jetzt aufspringe und das Haar sofort in den Mülleiner werfe. Vor meinen Augen tanzen die

Bilder meines absurden Traumes aus der vorhergehenden Nacht. Im Geiste sehe ich das schwarze, halblange Haar an der lindgrünen Flur-Wand kleben. Eine Botschaft. Das war eine klare Botschaft, so, wie dieser braungebrannte, junge Mann, der mir den guten Tipp des kleinen, unbeschwerlicheren Umweges gegeben hatte, auch eine klare und eindeutige Botschaft gewesen ist. Früher, als ich noch keine große Niederlage auf meinem Lebenskonto zu verzeichnen hatte, wäre mir eine so unnötige Zeitverzögerung niemals in den Sinn gekommen. Alles hätte ich daran gesetzt, einen Aufschub oder Zeitverlust zu verhindern. Ohne Rücksicht auf meine Mitmenschen bin ich auf meine Ziele zu gewalzt wie eine Dampfmaschine. Ohne darüber nachzudenken ob ich mit meinem hohen Tempo jemanden überfordere, bin ich im Karacho durchs Leben galoppiert. Ohne mich selbst zu schonen, trieb ich mich zur Höchstleistung an. Ich habe ein bemitleidenswertes Arbeitspferd mit einem viel zu schweren, schmerzvollen, stacheligen Kummet um den Hals aus mir gemacht.

Dieses schwarze, halblange Haar auf meinem Fußboden hatte keine Macht mehr über mich, stellte ich sehend fest. Alte Konditionierungen bröckelten ab wie getrockneter Putz auf einer starren, alten Fassade, die plötzlich in eine dynamische, pulsierende Bewegung geriet. Bewegung aus der Allmacht der Vergebung und Güte resultierend. Zwar würde ich mein Leben auch in Zukunft – das war mir völlig klar - nicht ohne Mühe, aus eigener Kraft-, aus eigenem Antrieb beschreiten müssen, dies machte mir mein merkwürdiges, klappriges Fluchtfahrzeug, das Fahrrad aus meinem Traum, in diesem Moment der Erkenntnis klar. Aber: wenn ich mir in Zukunft die nötige Zeit-, die nötige Gelassenheit nehmen würde, und anhörte, ansah, wahrnahm und registrierte was andere- liebevolle, wohlgesonnene, gläubige, gute, gütige Menschen, Freunde und Anverwandte (oder Schutzengel) mir zu sagen haben, würden die Berge die es zu überwinden galt, immer kleiner werden, und ich könnte mit Leichtigkeit, wie ein anmutiges Kartäuser Pferd – nicht wie ein Kaltblüter Arbeitspferd, in Zukunft durch mein Leben tanzen.

Mir kam in den Sinn, welch große Freude es in mir verursacht hatte, als ich für meine Cousine einen Großeinkauf machte, weil ich ihr unbedingt eine große Freude machen wollte. Die Freude machte ich mir letztendlich selbst. Ich freute mich darüber dass sie sich freute.

„Grund Gütiger", sagte ich zu meiner Freundin die mich still beobachtete. „Ich wusste überhaupt nicht wie einfach es ist glücklich zu sein." Sie sah mich an und verstand. „Ja", sagte sie und lächelte. „Am Ende muss Glück sein."

Nachwort:

Es steht mir weder zu, noch erfülle ich die Voraussetzungen dafür, anderen Menschen Hinweise- oder Ratschläge zu erteilen, wie sie aus ihrem Leben ein Fest machen können. Jeder muss für sich selbst entscheiden, was er, bereit ist zu verändern, und damit einhergehend, loszulassen. Auch Empfehlungen auszusprechen liegt mir fern. Hierfür gibt es genügend geschulte und ausgebildete Fachkräfte, erstklassige Autoren und Schriftsteller, die sich längst literarisch ausgedrückt und verewigt haben.

Um für sich selbst den Richtigen von ihnen ausfindig zu machen, ist manchmal ein langer Weg erforderlich, dem, nicht selten, der Zufall zur Hilfe kommt. Nur eines kann ich jeder verzweifelten Seele ans Herz legen: Die Suche lohnt sich. Selbst wenn nur ein Impuls- ein Denkanstoß dabei herumkommen sollte, so ist es doch ein Weg in die richtige Richtung. Aufgeben und kapitulieren kann schließlich jeder. Das ist kein großes Kunststück, wie wir alle wissen. Zuversicht gibt es leider nicht auf Rezept.

Diejenigen, die sich von einem der - in großer Liebe verfassten Büchern, an die Hand nehmen lassen, und vielleicht sogar den Weg zu „Ihm", unserem Schöpfer finden, und dadurch Schritt für Schritt erlernen was man mit positiven Gedanken in Bewegung setzen-, verändern kann, denjenigen werden schon bald kleine Wunder begegnen.

Eine ganz besondere, markante Erkenntnis hinterließ in meinem Leben die Aussage, dass demjenigen der alles verloren hat die Welt offen stünde. Freilich eine Metapher, aber von ganz besonderem Gewicht, wie ich schnell erkannte. Jede noch so kleine überstandene Prüfung ist bestens dazu geeignet den Blick zu schärfen und die Sichtweise zu verändern. Jede noch so kleine Prüfung ist bestens dazu geeignet, dieses Geschenk „Leben", würdig zu schätzen. Ein kräftiger Schlag ins Kontor ist nichts weiter als eine neue- eine bessere Chance, wenn auch erst viel später verstanden, wie so oft.

Nein, eine Neuigkeit ist dies gewiss nicht, aber man kann es nicht oft genug sagen. Genauso wie man nicht oft genug sagen kann, dass man sich ein wenig mehr Zeit für seine Mitmenschen nehmen sollte, denn nur so findet man die Juwelen in einem Korb voller Steine so hart wie Granit. Zuhören und sehen-, hinsehen, sind die Voraussetzungen dafür, etwas zu erkennen. Alles ergibt Sinn. Die Frage danach, nach dem Sinn, stellt sich schnell als vollkommen überflüssig heraus. Der „Sinn des Lebens" ist jeder für sich selbst, fand ich heraus. Und so, denke ich, lässt sich jede Menge Liebe ausfindig machen, die unsere Seelen, jederzeit, zu heilen imstande ist.

Das Kapital ist Zeit, nicht Währung. Die Zufriedenheit liegt im Innen, nicht im außen. Das Glück liegt in der Hilfe, nicht im Sich helfen lassen. Mut entsteht durch vertrauen, nicht durch Vorbehalt.

Warum muss man dafür so alt werden; wieso gehört es nicht – ähnlich einem Instinkt, zur Grundausstattung des ersten Atemzuges?

Diese Antwort muss ich leider schuldig bleiben.

Und dann wäre da noch die Sache mit dem Glauben. Glaube, der – wie man beobachten konnte – in einigen Jahren die zurückliegen, regelrecht unmodern geworden war. Für einige von uns – ich selbst war bis vor drei Jahren eine verunsicherte Agnostikerin, davor eine vehemente Atheistin – war und ist, ein gewisses Schamgefühl damit verbunden, behauptete man an Gott zu glauben. An sich ein Unding, wenn man sich - weil es modern und fortschrittlich anmutet, der Wissenschaft anschließt, die allerdings nur sehr lückenhafte Erklärungen für uns parat hat, wie das alles hier entstanden ist. Letztendlich fehlt es auch hier an Beweisen, die man uns versucht mit gut gemachten, bunten Animationen plausibel zu machen. Ist man nicht im Glauben erzogen, fällt es leicht sich diesen unbewiesenen Thesen anzuschließen. Beim genaueren Hinsehen muss man jedoch feststellen, dass die Wissenschaft oft nur prahlt, und über die Seele des Menschen rein gar nichts weiß. Die Entstehung von unserem, einmalig- und „Wunder"-vollen Heimatplanteten – noch sind wir die einzigen weit und breit – kann auch die Wissenschaft bis heute nicht wirklich schlüssig erklären. Genauso wenig wie uns die Wissenschaft erklären kann, wo das Ende des Raumes sich befindet- ober ob es ein Ende überhaupt gibt. Und wenn nicht, wenn es kein Ende gibt, so übersteigt es spätestens hier unsere kleine, verkümmerte Vorstellungskraft.

Und wenn wir mal ganz ehrlich sind, rutscht selbst dem härtesten Atheisten, dem abgeklärtesten Wissenschaftler schon mal ein „Oh Gott" über die Lippen, ohne dass er darüber nachdenkt, was er eigentlich jetzt gesagt hat. Ich weiß wovon ich rede, gehörte ich doch mehr als ein halbes Leben lang selbst dazu.

In Ermangelung einer Glaubens-Erziehung, schlummert doch in jedem von uns eine ganz tiefe Sehnsucht nach Trost und Liebe, nach etwas, woran man sich festhalten kann und sich geborgen fühlt. Von da aus wäre es an sich nur noch ein kleiner Schritt sich zu „Bekennen." Aber nein, wir gieren nach Beweisen und Fakten die greifbar sind. Sichtbar, nachmessbar und zur Analyse geeignet. Stofflich wenn möglich, obwohl wir die Arithmetik wie einen Götzen anbeten und verehren, obwohl sie alles andere als „stofflich" ist. Sie ist nicht einmal ein simples Atom, trotzdem knien wir vor ihr nieder.

„Mein Gott, war ich dumm und habe mich unnötig gequält", denke ich heute. Musste erst ein großes Unheil über mir hereinbrechen, welches letztlich der Auslöser dafür war, dass mein Geist sich öffnete und erkannte, dass ich nicht alleine bin? Hier lässt sich die Aussage: „Wer alles verloren hat, dem steht die Welt offen", spielendleicht beweisen. Diese *Hilfe von außen*, ließ sich nicht länger verleugnen und abstreiten. Nach nur einer Bitte um Beistand, fiel dieser unsichtbare Rettungsanker direkt vor meine Füße und sagte: „Ich bin für dich da." Freilich war mir klar, dass ich mein Herz in die Waagschale werfen musste. Mein ganzes Herz, nicht das halbe. Diesen Preis muss man bezahlen, sonst funktioniert sie nicht, die Sache mit der Hilfe von außen. Natürlich hat „Er" mein Konto nicht aufgefüllt und die Banken um Nachsicht gebeten, natürlich hat „Er" mir nicht den Menschen vom Leib gehalten, der mir nach meinem Leben und meiner Existenz trachtete, aber „Er" hat mich mit Zuversicht und Glauben an meine eigene Kraft gefüttert. „Er" hat mir nicht heimlich im Schlaf hohe Dosen Mut verabreicht, damit ich am nächsten Tag wieder in den Krieg gegen alles Unbill ziehen konnte. Ganz im Gegenteil: „Er" hat die Sache auf die Spitze

getrieben und noch mehr Unheil auf mich herabge-
schickt, was ich natürlich überhaupt nicht verstehen
konnte, und übelste Beschwerden meinem Mund
entlockte, die „Ihn" offensichtlich kalt ließen. Erst
hinterher-, erst als alles überstanden war, konnte ich
einen Blick zurückwerfen und über mich selbst staunen. Staunen darüber, inwiefern es mir gelungen war
über mich selbst hinauszuwachsen. Wozu wir Menschen in der Lage sind Dinge zu überstehen, wenn
wir mit Glauben und Zuversicht ausgerüstet sind, ist
schlichtweg unfassbar, und insofern wirklich emp-
fehlenswert. Natürlich ist – wie schon erwähnt – das
ganze Herz zu investieren; und das nicht nur tempo-
rär sondern ganz und gar. Schummeleien um ein
ganz bestimmtes Ziel- eine gezielte Hilfe für eine
bedrohliche Situation zu erschleichen, funktioniert
nicht. Es fliegt auf, weil „Er" den großen Durchblick
hat. Auf einen Handel oder ein gutes Geschäft hofft
man vergebens. Im Gegenteil: Die Strafe folgt auf
dem Fuße. Diese Macht ist allgegenwärtig.
Die Aussage in der „Heiligen Schrift", dass man seine
Sorgen auf „Ihn" werfen dürfe, rang mir wahrhaft
allen Glauben ab, den ich, überhaupt aufzubringen
imstande gewesen bin. Große Zweifel bäumten sich
vor mir auf wie ein unüberwindbarer, hoher Berg
aus Geröll und Schutt. Vertrauen war gefragt. Vertrauen, mit dem wir uns hin und wieder so schwer-
tun. Misstrauen betreffend rangiere ich auf den vor-
deren Rängen. Hinzu kommt noch, dass ich im Buch
der Bücher-, sowie in der gesamten uns bekannten
Schöpfungsgeschichte, so einiges zu kritisieren habe,
und es riskiere, es genauso zu formulieren wie meine
Empfindung es mir sagt. Im mittlerweile liebgewor-

denen Zwiegespräch mit „Ihm", sage ich auch unverblümt: „Lieber Gott, du hast auch nicht alles richtig gemacht. Sieh´ dir die Bescherung bloß mal an, was hier so alles aus dem Ruder läuft. Jawohl. Das wage ich zu sagen. Nur...: Es ist wie es ist. Meine Einwände und Verbesserungsvorschläge werden zwar gehört und zur Kenntnis genommen, aber sie bleiben ohne das gewünschte Resultat. Damit muss man sich – ob man will oder nicht – abfinden, weiterlaufen und am Glauben fester halten denn je. Man kann nur für sich selbst, unermüdlich daran arbeiten, das größte Glück auf Erden zu erlangen.

Den Frieden.

Weitere Bücher der Autorin Lele Frank:

„Tanz der Optimisten"
338 Seiten, ISBN-Nr. 978-8301-1623-3   14,80 €

„Wenn Peter zu der Hure geht"
248 Seiten, ISBN-Nr. 978-3-7375-2701-9   8,99 €

„J…(L)etztendlich 60"
276 Seiten, ISBN-Nr. 978-3-7375-3393-5   8,99 €

„Ärsche die nach Süden ziehen"
164 Seiten, ISBN-Nr. 978-3-7375-2700-2   6,49 €

„Das Haar in der Suppe"
280 Seiten, ISBN-Nr. 978-3-7375-2747-7   8,99 €

„Tödliche Blicke"
224 Seiten, ISBN-Nr. 978-3-7375- 3225-9   7,99 €

„Guten Tag, ich bin das Glück.
Darf ich reinkommen?"
157 Seiten, ISBN-Nr. 978-3-7375-3432-1   8,49 €

„Impotenter Mann gesucht."
134 Seiten, ISBN-Nr. 978-3-7375-3779-7   7,49 €

„Auf die Plätze, fertig …, Vergebung" „Glück" „Liebe"
- Trilogie, 124, 120 und 120 Seiten
ISBN-Nr. 978-3-7375-3-4523-5, - 4524-2, 4525-9   je 5,99 €

„Tagebuch eines Bleistifts"
418 Seiten, ISBN-Nr. 978-7375-3-4619 -5   9,95 €

„Heideres Strandlääba." (Heiteres Strandleben)
108 Seiten, ISBN-Nr. 978-7375-3-6246-1   4,99 €

„App in den Himmel"
260 Seiten, ISBN-Nr. 978 -7375-3-6487-8   8,49 €

„Brüder Blut"
236 Seiten, ISBN-Nr. 978-3-7375-6945-3   7,49 €

„Oktobermond"
248 Seiten, ISBN-Nr. 978-3-7345-1543-9   9,99 €

„W" wie WerBU(H)nG"
228 Seiten, ISBN-Nr. 978-3-7345-2434-9   8,99 €

Zeitfracht Medien GmbH
Ferdinand-Jühlke-Straße 7
99095 Erfurt, Deutschland
produktsicherheit@kolibri360.de